edition scaneg

Arthur Feldmann

# KURZNACHRICHTEN AUS DER MÖRDERGRUBE
oder
Die große Modeschau der nackten Könige

mit 17 Realienbildern
zusammengestellt von Boldù

scaneg · München

Die Deutsche Bibliothek – CIP-Einheitsaufnahme

**Feldmann, Arthur:**
Kurznachrichten aus der Mördergrube oder
Die grosse Modeschau der nackten Könige/
Arthur Feldmann. Mit 17 Realienbildern
zsgest. von Boldù. – München : scaneg, 1993
(edition scaneg; 11)
ISBN 3-89235-511-8
NE : GT

edition scaneg · 11
Umschlag nach Vorlagen von Boldù


Satz: Klewa, München
Lithographie: Dörfel, München
Herstellung: Steinmeier, Nördlingen

Es ist Zeit für mich, aus dem Leben zu scheiden.
Ich beginne die Dinge zu sehen, wie sie sind.

Fontenelle (1657-1757) kurz vor seinem Tod

# Die Vorsehung und das Nachsehen

Du gleichst dem Geist, den du begreifst...
Goethe

Ich wurde schon vor der Geburt zu lebenslänglich und zum Tode verurteilt. Nur das Datum meiner Hinrichtung blieb noch offen.

Ich habe es meiner Mutter im Grunde nie verziehen, daß sie mich, ihr eigenes Kind, aus dem Mutterleib ausgestoßen hat.

Seitdem man die Nabelschnur von mir entfernte, klage ich unbewußt – so scheint es – um den Verlust meiner Mitte.

Ich fühle mich wie eine Maus, die im Leib der Schlange vielleicht noch lebt, für die es aber kein Zurück gibt, und deren einzige Hoffnung die Länge ihrer Wirtin ist.

Die Welt ist ein uralter Lkw, hat nur eine Geschwindigkeit und keinen Rückwärtsgang.

Die Seifenblase muß ohne Strohhalm und ohne Spender des Lebensodems ihre kurze Reise antreten.

Flatternd sträubt sich die Flamme gegen den Sturmwind, der sie vom Herd scheucht.

Ein Hirsch fühlt sich niemals allein. Er weiß – auch in fernen Wäldern wittern ihn Wölfe.

Unbegrenzt ist die Zahl der Todesqualen – jeder soll nach seiner Fasson selig werden.

Jedes Wesen hat seinen Platz in dieser Welt im Rachen eines anderen.

Wir sind alle wertvolle Menschen, und in unseren Adern fließt das Blut einer Unzahl von Lebewesen, an denen unsere Ahnen sich laben mußten, um uns hervorzubringen.

Der Seiltänzer war zu Boden gestürzt und seine Seele fast wie von einem Netz in den Himmel gesprungen, nur konnte sie sich nicht vom Leib losmachen, der noch lebte.

Der Tod lag dem Bergsteiger zu Füßen und hielt ihm wie das Netz eines Seiltänzers das weite Tal als Opferschale hin.

Der Bergsteiger baumelte über dem Abgrund. Da breitete ein Felsen wie ein Adler seine Flügel und riß ihn von der Nabelschnur, die ihn der Welt verband.

Mit dem Leben muß man bar oder aber in Raten bezahlen.

Sie empfing ihn mit offenen Armen, mit sehr langen Armen, die sich ihm mehrfach um den Leib ringelten und ihn so inbrünstig an sich drückten, daß Laokoon umfiel und sich mit der Schlange wie mit einer Geliebten im Sand wand.

Sie standen noch immer da wie ein Mann, Laokoon und seine Söhne, im glänzenden Harnisch des Schlangengeflechts.

Wenn einer blind wird, hat er die einmalige Gelegenheit, der Wirklichkeit in die Augen zu schauen.

Auch im Reiche des Blinden geht die Sonne nicht unter.

Ich bin kein einfacher Mörder und will mich damit nicht abfinden, daß ich schon vor der Geburt zum Tode verurteilt wurde, auch wenn man die Urteilsvollstreckung bis ans Ende meines Lebens aufgeschoben hat.

Als die Seele zu sich kam, mußte sie einsehen, daß sie nicht im Himmel war und gestorben, sondern auf der Erde und geboren.

Man setzt ein Kind dem Tod aus, indem man ihm das Leben schenkt.

Wäre das Kind ein geborener Bergsteiger, es würde vielleicht an der Nabelschnur schnell zurück in den Mutterleib kriechen.

Als das Neugeborene das Licht der Welt erblickte, erhängte es sich an der Nabelschnur.

Der Tod durchtrennt mit seiner Sense zum Dank für die ihm erwiesenen Dienste die Nabelschnur.

In seinem Traum stand an seinem Bett ein Mann mit einem Messer und erstach ihn. Er erwachte mit einem Schrei, und als er die Augen öffnete, stand an seinem Bett ein Mann mit einem Messer und erstach ihn. Und mit einem Schrei fiel er wieder in Schlaf.

Mein Kampf mit dem Medusenhaupt – entweder gewinnt es in der ersten Runde und ich werde zu Stein, oder ich gewinne in der zweiten Runde und sehe nur noch seine Locken.

Unter den Giftmischern ist der Schwertschlucker nicht gern gesehen. Er hat die unangenehme Gewohnheit, wenn ihm etwas auf dem Magen liegt, es gleich aufzuspießen und an die Luft zu führen.

Es hat nur selten einer die Kraft, sich wie ein Maulwurf gegen die ganze Erde aufzulehnen, ohne von ihr lebendig begraben zu werden.

* * * * * * *

Als ich zum erstenmal den Wohnsitz wechseln mußte und vom Mutterleib in die Welt gestoßen wurde, da fühlte ich mich inmitten der toten Materie lebendig begraben. Vielleicht wird mir aber eines Tages im Schoße des Alls, wenn ich zum zweitenmal den Wohnsitz wechseln muß und Toter zwischen Totem bin, viel heimeliger zumute sein.

Er warf sich vom Dach eines Wolkenkratzers und konnte noch sehen, wie liebevoll ihm die Erde die Arme entgegenbreitete, wenn sie es dann auch nicht über sich brachte, ihm ihren Schoß zu öffnen.

Er war wie mit Fußschellen an die Erde gebunden. Da half es ihm auch gar nichts, daß er vom Dach eines Wolkenkratzers fiel. Er kam zwar anfangs pfeilschnell voran, bald aber zeigte es sich, daß die Erde

von ihm nicht lassen konnte – schon breitete sie die Arme zu seinem Empfang aus. Wie junge Böcke rannten sie aufeinander los, mit Stirn und Pflaster, und so inbrünstig war ihre Umarmung, daß sie fortan nur noch durch einen Schrubber zu trennen waren.

* * * * * * *

Vom Himmel hoch, da kam er her, der milde Glanz, als Vorbote des Fallbeils.

Der Gehenkte fand noch die Zeit, die Guillotine, die im Fallen in der Sonne aufglänzte, diese letzte Himmelsbotschaft, mit offenem Mund zu bestaunen.

Er bekam so viel zu trinken, daß er schließlich das Gefühl hatte, von einer Geliebten umhalst zu werden und nicht von einer Schlinge.

Es blieb dem armen Vogel nichts anderes übrig, als auch im Schlangenrachen zu versuchen, dem Andenken ihrer schönen Augen so lange wie möglich die Treue zu bewahren.

Wenn der Hase demütig die Augen senkt, kann er glauben, daß es ein Engel ist, der ihn am Kragen packt, und nicht ein Habicht.

Vielleicht gehören auch wir zu den Kindern, die nur zeitweilig fühlen, wie sie in den Sog des Abgrunds geraten, wenn sie auf ihrem Wege in einem fort die Rattenfängerflöte begleitet.

Der Matador hat sich zur Aufgabe gestellt, den Stier dahin zu bringen, ihm sanft die Stirn an die Brust zu legen und ihn mit den Hörnern zu umarmen.

Der Matador angelte im Rücken des Stiers, und als das Leben angebissen hatte, zog er als blutumspritzten Fisch den Degen hoch.

Als ihm der Degen im Nacken stak, hatte der Stier noch Zeit, sich flüchtig zu fragen, warum der Herr ihm Hörner aufgesetzt hatte.

Man stieß und stieß und stieß den Stier, und der letzte stieß ihn in den Steiß. Auf einmal war aber die Finsternis – die sich als schwarzer

Lappen entpuppte – wie aufgegabelt und in die Luft geschleudert, als Unglücksrabe davongeflogen, und er war frei. Draußen wartete sein schon ein Diener in güldner Livree, das Tuch um den Arm, bereit, sobald es dem Herrn beliebte, den *Rotwein* anzuzapfen.

Der Falter konnte noch mit eigenen Augen sehen, wie das Licht, das den ganzen Tag die Welt beherrscht hatte, abends aber verschollen war, ganz in seiner Nähe, als unscheinbares Flämmchen, die weiße Kutte einer Kerze anstrahlend, auferstand.

Ich bin eine Maus und der Körper ist die Falle, in der sie ertränkt wird.

Wie froh war die Maus, die vor der Katze davonlief, ein verschließbares Loch im Rachen der Schlange zu finden.

Das Maul des Wolfs ist auch ein Vorhof des Himmels.

* * * * * * *

Der Himmel ist ein Zirkuszelt. Oben sitzt der Herr und sieht zu, wie Menschen und Tier einander besiegen.

Als der Herr sich nach seinen Juden sehnte, ließ er auf dem kürzesten Wege, über die Schlote der Vernichtungslager, gleich ein paar Millionen zu sich heraufkommen...

Es kam keiner vom Regen in die Traufe, keiner von Noahs Brüdern, als sie nach der Sintflut *wie nach einem Trinkgelage* in die Hölle torkelten.

Die Sintflut war der erste Versuch einer *Endlösung der Menschenfrage*.

Der *gute Hirte*, der *Hirt der Gemeinde*, der *Seelenhirt* – wird eine Herde nicht auch zum Schlachten gehütet?

Es kann auch einem guten Hirten passieren, dann und wann zu einem Imbiß ein Lämmlein zu opfern.

Hirt oder Wolf – Tod mit oder ohne Aufschub.

Wie konnte das Lamm es über sich bringen, sich gegen den Hirten zu wehren, der ihm zum Dank dafür, daß er es so lange vor dem Wolf bewahrt hatte, die Kehle durchschnitt?

Der liebe Gott in seiner Güte hat viele Lebewesen zum Schutz mit immerwährender Angst gesegnet.

Die treue Kuh gibt dem Bauer nicht nur Milch, sondern schließlich auch Fleisch.

Sie haben einen nach innen gerichteten Blick und können deshalb nicht sehen, wie die Taube geschossen, gerupft, gebraten und ihnen zur Labung aufgetischt wird.

Eine Ungerechtigkeit kann manchmal so zum Himmel schreien, daß auch die Kirche sie hören muß...

Die heiligen Stätten der Riesennadeln, oben, als Türme, Spitzen, unten, als Torbogen, Öhre – durch die werden zur Erbauung der Pilger Kamele getrieben.

Die reichen Christen nehmen es dem *kleinen* Jesus gar nicht übel, daß er sich so einfältig über den Reichtum geäußert hat.

Der tote Christus kann sich nicht dagegen wehren, daß er als Mammons Strohgott mißbraucht wird.

Doppelt hält besser. – So ein Wurm ist kein Vatersöhnchen, und *ihm* kräht kein Hahn nach, wenn man ihn an einem Angelhaken und später auch an einem Gaumen kreuzigt – weder ihm noch dem Fisch, seinem Leidensgefährten.

Fische sind stumm, und auch am Haken stören sie nicht die Seelenruhe des Fischers.

Christus lenkt den Blick zu sehr von den 6000 Sklaven ab, die nach der Niederschlagung des Spartacusaufstands zwischen Rom und Capua der Via Appia auf ihren Kreuzen Schatten spendeten.

Wir werden alle durch den Tod ans Kreuz genagelt und hätten im Jenseits den Anspruch, zur Rechten des Herrn zu sitzen. Der würde dann aber im ewigen Leben die äußerste Linke darstellen...

Es ist nur billig, daß er die Sünden der Welt auf sich nahm, die er geschaffen hat und nicht wir.

Ich war in den Tagen der Schöpfung nicht zugegen und lehne es ab, für Adams und Evas Missetaten jedwede Verantwortung zu übernehmen.

Warum haben Abraham und der liebe Gott ihre Söhne und nicht sich selbst geopfert?

Warum ist immer nur von den verlorenen Söhnen und nie von den verlorenen Vätern die Rede?

Der Herr hat Hiob zwar alle Kinder genommen, ihm dann aber zweimal so viele gegeben – ein hundertprozentiger Gewinn.

Wir büßen nicht nur für die Sünden der Väter, sondern auch für die Sünden des Vaters.

* * * * * * *

Hätte der Teufel den Herrn besiegt, wer wäre dann der Herr, der Teufel oder der Herr?

Hat es Prometheus nicht Zeus selbst zu verdanken, wenn er frei von der Leber weg sprechen kann?

Glauben muß jeder, an Ihn oder dran.

An etwas muß der Mensch ja glauben, wenn jemand hinter ihm steht und ihm den Revolver in den Rücken drückt.

Ein feste Burg ist unser Gott, und am festesten, im Schutz der Erde, das Burgverlies.

Wie fürchtet der Fisch den Herrn, der wie ein Wolf um das Aquarium kreist...

Gott vergebe mir meine Sünden – ich schlage mich an die Brust, nicht mit der Faust, wie es andere Menschen tun, ich schlage mich mit dem Messer, und ehe ich zustoße, drücke ich einen Feind ans Herz und vergebe auch ihm seine Sünden.

Und vergib uns unsere Schuld, wie auch wir uns unsere Schuld vergeben...

Nur Teufel konnten den Teufel erfinden.

* * * * * * *

Die Katze will spielen. Der Hund will seine Ruhe. Endlich schnappt er zu. Beißt er nur ein Stück Luft ab, so ist es bloß ein Spiel. Beißt er ihr aber den Kopf ab, so ist es blutiger Ernst!

Ein Spiel ist dann erst ein Spiel, wenn man merkt, daß hier nicht gespielt wird!

Die Großen sind so ernst bei der Sache wie die Kinder und ganz entrüstet, wenn man ihnen sagt, daß es nur ein Spiel ist. Die Kinder spielen *Vater, Mutter, Kind*, die Großen *Vater, Sohn und Heiliger Geist*.

Wenn Gott verhindert ist, gibt das Theater die *Göttliche Komödie*.

Vielleicht hätte nicht nur ein Engel, sondern auch Agatha Christie hinter den Evangelisten stehen sollen, um ihnen zu helfen, Ungereimtheiten zu vermeiden.

Wer schweigt, stimmt zu – deshalb sprechen ja auch so viele – in Gottes Namen?

Verstiegenheit über Verstiegenheit – Verstiegenheiten, die einander über die Jahrtausende hinweg überwuchern.

Der Hund knabberte so lange an seinem alten Knochen, bis der schon durch den aufgewandten Speichel wieder zu neuen Säften kam.

Lügen haben kurze Beine oder lange Tempelsäulen.

Im Himmel haben der heilige Sebastian und die Kriegsinvaliden einen Stammtisch, an dem sie Tag für Tag zu einem Bier zusammenkommen – die weißen Wolken zu ihren Füßen sind der abgestrichene Schaum – und stolz einander ihre Narben zeigen.

Der Papst steigt aus dem Flugzeug und küßt die Erde des Landes, dann reibt er sich die Hände, um die Erde des Landes abzustreifen.

Das Opium des Volkes kann manchmal recht billig sein.

Er hatte sich einen Götzen geschnitzt – vor diesem war ihm so bange, daß er ihn mit dem Messer verunstaltete, worauf der Götze sich rächte und ihm eine Heidenangst einjagte.

Götzen – Ausgeburten der eigenen Hände, Gott – Ausgeburt des eigenen Geists?

Die Evangelien – leider u.a. auch die N°1 des *Stürmer*.

Das Buch der Bücher – schwarz auf weiß gedruckt, und dennoch eine Leuchtrakete, die finstere Gegenden erhellt und zu Schießereien einlädt.

Ein feste Burg ist unser Gott – dies schrieb Luther zu einer Zeit, als die neu aufgekommenen Kanonen die Burgen zerschossen.

Ein feste Burg ist unser Gott – das zeigen die vielen Ruinen.

* * * * * * *

Als Ikarus ins Wasser fiel und der Meeresspiegel in tausende Splitter zerbarst, da war schon nach wenigen Augenblicken ein funkelnagelneuer zur Stelle.

Die Hand aus dem Wasser – jemand ertrinkt. Oben ist nur der Himmel.

Der fliegende Fisch verließ das Wasser, um die Botschaft des Himmels entgegenzunehmen, und da wurde sie ihm mit Hagel auf den Rücken getrommelt.

Der Himmel ist grau – er hat sich das Meer als Pauke umgebunden und läßt darauf die Regentropfen wirbeln.

Das Meer runzelt besorgt die Stirn, wenn sich seine Kinder, die Wolken, zu einem neuen Bubenstreich zusammenrotten.

Das Meer runzelt besorgt die Stirn, wenn sich die Schiffe im Orkan ehrfürchtig vor ihm verneigen.

Das Meer verliert seine Ruhe nie, auch in einem Sturm – es runzelt nur ein wenig die Stirn, wenn ein Schiff auf einem Wellenkamm nicht seiltanzen kann.

Das Meer tritt ehrfürchtig beiseite und läßt seinen Platz dem gesunkenen Schiff.

Die Schiffe rühren sich in dieser Flaute schon seit Wochen nicht vom Fleck. Nur der Geist der Schiffer weht, wohin er will.

Er hat bislang nur einmal Wasser geschluckt, aber schon fühlt er sich durch den bitteren Geschmack eins mit allen Meeren der Welt.

Wie kann ich mich unter der blauen Krinoline des Himmels geborgen fühlen, wenn sich unter dem Saum auch die finstersten Wolken durchtasten dürfen?

Der erhobene Zeigefinger erweist sich in einem Sturm oft als schlechter Blitzableiter.

Wird ein Grab ausgehoben und eine Leiche bestattet, so ist es dem Wurm, als öffneten sich die Tore des Himmels und die göttliche Gnade sänke herab.

Ein Wurm ist nicht der Erde verhaftet. Manchmal nimmt ihn ein Vogel auf und trägt ihn in höhere Sphären.

Zwischen der Sau und dem All bildet der Kot, in dem sie steckt, das geistige Band.

Der Tod hat schon so manche fette Sau zu einer schlanken Wurst verklärt.

Wenn Mutter Natur die Fliegen mit so vielen Kindern segnet, so hat sie wohl auch an die Spinne gedacht...

Das Spinnennetz ist so klebrig, daß es der Fliege ein leichtes ist, sich auf ihm im Seiltanzen zu üben, und wenn sie umkippt, stehen hunderte Fäden schon bereit, sie mit offenen Armen zu empfangen.

Wie überrascht war die Fliege, als sie sah, daß die silbernen Strahlen des Gestirns zu ihren Häupten gar nicht stofflos waren, sondern fest zusammenhingen, und daß der Gott, der auf ihnen thronte und segnend seine vielen Beine über sie breitete, eine Spinne war.

So sehr hat Gott alle Geschöpfe geliebt, daß man sich fragen kann, wo sein eingeborener Sohn das Licht der Welt erblickte, in Bethlehem oder in Braunau.

Reicht das Wasser bis an den Hals, so helfen einem nicht immer beschwingte Gedanken, wie eine Möwe aufzufliegen.

Die Maus widerstand allen Versuchungen. Sie hörte auf den weißen Engel, der ihr von Speck, und nicht auf den schwarzen, der ihr von Fallen sprach. Da ließ der Herr zum Lohn sie zu sich kommen.

Nicht vor allen Segen des Himmels schützt uns das Dach.

* * * * * * *

Während des Kampfes überkamen den Boxer auf einmal christliche Gefühle – er hielt die rechte und die linke Wange wie zum Kuß dem Gegner hin, der rücksichtslos auf ihn einhieb und ihn stehenden Fußes in den Himmel expedierte, selber aber noch lange Jahre auf Erden blieb, die ihm nun freilich zur Hölle wurde, ein armer Teufel, der sich zeitlebens als Mörder zu Tode grämte.

Geschäftszeiten
WILLKOMMEN
IN BRAUNAU!

* * * * * * *

Es ist einem Kind nicht leicht zu begreifen, warum ein Zauberer seine Künste nicht in einem selbstgehexten Schloß, sondern in einer schäbigen Jahrmarktsbude herzeigt.

Die Zauberwelt ist von der wirklichen Welt meist nur durch ein paar Bretter getrennt.

Das Volk hat dem Herrn als dem größten aller Taschenspieler stets die gebührende Ehre gezollt.

Ich bin. Er ist. Wir sind gleich im Sein. Warum ist er Gott und ich nicht?

Sechs Tage Arbeit, vorher und nachher die ganze Ewigkeit Urlaub – so ein Gott möchte ich auch sein...

Es kann für den Seehund nur einer seiner Brüder sein, in dessen nassem Fell sich der Himmel spiegelt und ihn unsichtbar macht, der den Sonnenball, ohne ihn auch nur einmal fallenzulassen, auf seiner Schnauze durchs Weltall trägt.
Wenn nach einem langen Tag das Riesenfell trocken ist, bricht die Nacht ein.

Der Seehund ist fest überzeugt, das Ebenbild jenes unsichtbaren Gottes zu sein, der den Sonnenball, ohne ihn auch nur einmal fallenzulassen, auf seiner Schnauze durchs Weltall trägt.

* * * * * * *

Wenn ich in der Nacht nichts sehe, dann sieht die Katze auch nichts.

Er glaubte nur an das, was er sah, und da er keine Fische sah, erkannte er zu seinen Füßen das Tote Meer.

Ist es der Horizont, der den Himmel, oder der Himmel, der den Horizont beschränkt?

Schließt der Tag die Nacht oder die Nacht den Tag ein?

Welches Wort ich suche, kann ich so genau nicht sagen... Ich weiß nur, es war im Anfang...

Ich bin an die Quelle gebunden wie die Ziege an den Pflock.

Mit dem Taufbecken nicht auch das Kind ausschütten...

* * * * * * *

Daß man sich nicht einmal im Himmel ein Luftschloß bauen kann... Der Platz ist schon besetzt...

* * * * * * *

Wenn man von allen seinen Illusionen befreit wird, bleibt man oft ganz ohne Illusionen...

Das Licht ging aus. Da blieb dem Falter nichts anderes übrig, als zu den Sternen aufzufliegen.

Es war eine verkehrte Welt – im Anfang siedete das Wasser und irrte wie eine Lämmerherde am Himmel umher, bis es endlich in seinem zerbeulten Kessel, der Erde, Ruhe fand, aber immer wieder aufgescheucht wurde und am Himmel sein Heil suchte.

Der Pfarrer ließ zwar auf sich warten, an seiner Stelle aber erschien der Bürgermeister und teilte dem Sterbenden freudig mit, daß er nicht in den Himmel zu kommen brauche, daß er ewig auf Erden bleiben dürfe, wo ein Platz auf dem Friedhof seiner schon harre.

Die goldene Kuppel der Omar-Moschee in Jerusalem – ein aufgehender Stern, der die Erde in den Himmel mitziehen soll.

Ein Vogel, der sich niederläßt, zieht die Flügel ein, und so auch der Himmel, wenn er sich als goldene Kuppel auf die Vierung einer Moldauklosterkirche, mit Christus als Pantokrator, breitet.

An sich sind Josquins Messen Chören schwebender Engel zugedacht, die im Takt ihrer Flügelschläge, durch die sie sich aufrecht halten können, den Herrn lobpreisen.

Je tiefer sich die Rakete im Weltraum verlor, umso inniger fühlte der Astronaut die Anziehungskraft der Erde.

„Ja, es ist die beste aller Welten", sagte die Kuh, als ihr der Schlächter das Messer ansetzte.

Er konnte in Gott nur den Menschen, im Menschen nur Gott lieben.

Es ist nur zu hoffen, daß im Anfang die Tat war und nicht der Täter.

Er glaubte an ihn wie der Bildhauer an den Steinblock.

Der Totengräber traute seinen Augen nicht – die Toten waren aufsässig geworden und saßen mit aufgeschlagenen Sargdeckeln da, und nicht nur aufsässig, aufständisch, sie waren in den Särgen aufgestanden, und nicht nur aufgestanden, auferstanden, und jetzt erst hörte er die Posaune des Jüngsten Gerichts.

Illusionen sind manchmal so nahrhaft, daß mit ihnen Scharen von Völkern über die Jahrtausende hinweg gespeist werden können.

Warum muß der göttliche Funke immer wieder als Scheiterhaufen auflodern?

* * * * * * *

An sich soll es keine Drachen geben. Wenn die Chinesen aber tote schwenken, wecken sie in den Kindern lebende auf und tanzen mit ihnen wie mit Spiegelbildern.

Ich sehe nicht nur die Mumie – ich fühle auch ihren Abdruck in mir.
Und dieser Abdruck ist nicht tot – er schläft nur und träumt.
Die Mumie und ich – wir füttern ihn mit Träumen wie ein Taubenpaar.

Ich bin eine Gruft, in der scheintotgeborene Statuen auferstehen und leben dürfen.

Er hat die Venus zwar selbst eingemauert, sie aber dann mit dem Meißel befreit.

Nachts ist am Abhang des Hügels ein beleuchtetes Fenster zu sehen – ein Zyklopenauge, das einsam eine Höhle bewacht, ein tagsüber unauffindbarer Zugang zur Schattenwelt.

Ich kann den Scheinwerfer, der meine Phantasie anstrahlt, und auch den Geist, der ihn bedient, nicht sehen.

Ich suche noch immer nach dem Fackelträger der Phantasie.

Inwieweit ist der Gott, der die Menschen schuf, mit dem Gott, den die Menschen schufen, verwandt?

Inwieweit hat der Herr dem Propheten oder der Prophet dem Herrn die Worte in den Mund gelegt?

Man kann uns zwar kein X für ein U, hingegen aber für einen Gott vormachen.

Der Blindenhund führt den Blinden nicht an der Nase herum, sondern wird von ihm an der Leine geführt.

Er hoffte, daß seine Bitten, ohne daß er einen Namen nannte, wie Flaschenpost schon an den richtigen Gott gelangen würden.

* * * * * * *

Ich glaube zwar nicht nur an das, was ich sehe, schenke aber doch nur wenigen Gehör.

Man sollte nicht für jedes heilige Feuer die Hand ins Feuer legen...

Er betete das Feuer an, auch als es auf sein Strohdach sprang und ihm die Hölle heiß machte.

Das heilige Feuer wird infolge Brandgefahr stets in engen Grenzen gehalten.

* * * * * * *

Wenn das Seil auf dem Boden liegt, fehlt es den Darbietungen des Seiltänzers an Tiefe.

Ohne verklingende Töne keine Musik.

Die Zeit heilt alle Wunden. Auch der Tod.

Es ist an sich keine unangenehme Überraschung, wenn einen wie ein Blitz aus heiterem Himmel der Tod überrascht.

Wagt man es, mich aus dem Leben zu rufen, so zieht sich zum Protest auch die Welt zurück.

Wie herrlich leuchtet mir die Natur! Nacht für Nacht, wenn alle schlafen, kommen die Schakale und räumen sie auf.

* * * * * * *

Ich werde in der sehr bequemen Sänfte meines Hirns, die Augen als Fenster und Lider als Markisen – mit Wimpern als schwarze Fransen – hat, durch Stadt und Land getragen und kann nur hoffen, daß meine beiden Träger, die Beine, die unersetzliche Diener sind, noch lange die Kraft haben, mich Schwerelosen auf die Schultern zu heben.

Ich bin ein mit dem kugelrunden Leib von Mutter Erde verbundenes Stehaufmännchen, das bislang, wenn es umgelegt wurde, sich immer wieder aufrichten konnte.

Ich möchte wie ein Komet verglimmen, ohne den Schwanz einzuziehen.

* * * * * * *

Vielleicht hätte Gott der Schöpfung doch etwas mehr als sechs Tage widmen sollen... Aber anscheinend überstieg das seine Kräfte. Er, der allmächtige, war am siebenten Tag so erschöpft, daß er von früh bis spät ruhen mußte, und am achten war ihm die Lust vergangen, an der Welt noch lange herumzutüfteln.

Vielleicht wäre alles für uns viel einfacher gewesen, hätte der Herr sich nicht nur einzelnen Propheten, sondern der ganzen Menschheit offenbart, auf einer Großkundgebung etwa, an deren Ende er, um nicht nur leibhaftig gesehen, sondern auch berührt zu werden, händeschüttelnd durch die Menge gegangen wäre.

Singen die Engel deshalb Tag und Nacht Gottes Lob, damit der alte Herr sich nicht vergißt?

Wir können den Herrn durch unsere Gebete zu guten Taten bewegen, auf die er vielleicht nicht von selbst gekommen wäre.

Ein Blitz – ein Spalt in der Glasplatte des Himmels. Wenn die nun einbräche, und die Engel wie Vögel aus ihren Nestern fielen, es wäre das Himmelsreich auf Erden. Schon höre ich eine Scheibe klirren. Ein neuer Blitz – eine Zornesader auf der Stirn des Herrn.

Der Himmel ist nicht mehr der Himmel, wenn er den Leuten nicht eingeblaeut wird.

Mit dem Heiligen paktieren – mit dem Leben kollaborieren.

* * * * * * *

Abgeschiedenheit. – In Tunis, an der Tür eines Metzgerladens, hängt an einem Haken der Kopf einer Kuh. Er sieht so friedlich und weise aus, als wäre er noch immer in tiefer Versenkung und hätte gar nicht bemerkt, wie der Schlächter kam und ihn vom Körper löste. Nur das am Hals hervorquellende Fleisch deutet darauf hin, daß die Wirklichkeit anders gewesen sein muß. Ich will aber die Wirklichkeit nicht zur Kenntnis nehmen – ich bin vom Anblick des Kopfes so überwältigt, daß ich nicht umhin kann, mir gleichwohl zu wünschen, auch so zu sterben wie diese Kuh.

Ein fliegender Grasteppich. – Die Kuh sah zwar auch, daß die Wiese am Horizont jäh abbrach, aber bis dahin war es noch ein weiter Weg, und außerdem wuchs das abgefressene Gras gleich hinter ihrem Schwanz frisch nach – am Horizont angekommen, brauchte sie sich nur umzudrehen, und schon nach wenigen Schritten würde sie die Spuren ihres eigenen Tuns nicht einmal wiedererkennen, besonders wenn sie nicht genaugenommen kehrt machte, mehrmals die Richtung wechselte und wie die Mathematiker des Altertums, mit Maul und Klauen, Dreiecke, Vierecke und andere Figuren ins Grüne zeichnete. Es war das Paradies auf Erden – ohnehin schwebte sie auf ihrem leuchtenden, kreisrunden Teppich frei in der Luft, denn daß unter diesem Teppich noch Erde war, das wußte sie nicht, so weit war sie mit ihrer Zunge durch das fette Gras nie vorgedrungen. Hätte ihr jemand vom anderen Paradies gesprochen, in das eine brave Kuh, die nie nach dem Melker mit dem Bein ausstößt, nach dem Tode kommt, sie hätte geantwortet, der Herr solle sich nicht die Mühe machen, sie umzubringen, sie fühle sich hienieden wohl, und auf verklärtes Gras, wie man es ihr schilderte, um ihr den Gedanken ans Paradies verlockender zu machen, Gras, das wie Korallen in tiefer See in allen Farben des Regenbogens schillerte, auf solches Gras verzichte sie gern, es hätte für sie nur einen chemischen Beigeschmack. Und so lebte die Kuh vielleicht glücklicher als der Melker, obwohl der mit ihr machen konnte, was er wolle. Er hatte einen Stock, mit dem er sie oft vom rechten Dreieck abbrachte. Da lief sie nur ein paar Schritte weiter, bis sie wieder im hohen Gras wie in einem Sumpf versank.

Ich bin ganz außer mir und weiß nicht, wie ich wieder in mich einsteigen soll.

* * * * * * *

Die Sonne wurde von Tag zu Tag schwächer und ging schließlich ganz aus. Auch Mond und Sterne schienen nicht mehr. Lampen und Kerzen spendeten noch eine Zeitlang aus nächster Nähe ein in den letzten Zügen flackerndes Licht, dann erloschen auch sie. Nun war er blind, endgültig blind. Da wurden ihm die Arme zu Wünschelruten. Er brauchte bloß ein Ding zu berühren, und schon schoß es vor seinen Augen als Feuerquell hoch, im Glaskäfig der enganliegenden Formen.

* * * * * * *

Warum fühlt sich der Mensch in der Luft nicht wie ein Fisch im Wasser?

Der Himmel ist nicht ungetrübt – der Himmel ist über und über mit Pocken besät... Oder sind es die kleinen Pupillen, die, farblos, aus den Augen sprudeln und mit den Lerchen wetteifern?

Zieh von der Erde den Schleier der Luft weg, und plötzlich ist auch kein Himmel da.

Wenn der Himmel nur Luft ist, so stehe ich mit dem Himmel in engstem Kontakt.

Wie kommt es, daß mir, wenn ich lange keine Orange gegessen habe und ich an eine Orange denke, nicht nur das Wasser im Mund, sondern auch der Orangensaft zusammenläuft?

Zwei Riesenmuscheln, übereinandergelegt – ein grauer Himmel, endlose gelbe Weizenfelder, die dem Himmel zum Trotz als Sonne leuchten wollen.

Das Boot ist abgestoßen – das Röcheln wird immer leiser, das Kielwasser immer breiter, schlapper, schwächlicher – die Wellen heben die Köpfe hoch, Klageweiber mit Tüchern.

Ich kreise um den erloschenen Stern, bis er eine Lichtpranke nach mir auswirft.

Ich gehe mit der Gießkanne durch die Wüste und gieße Wasser auf den Sand, bis irgendwo die Tropfen – Bomben – auf Samen stoßen und eine Palme emporschießt, deren Datteln meinen Himmel berieseln.

Zwei Spuren haben sich in der Wüste auf den Weg gemacht und sind bald Vierfüßer, Sechsfüßer, Achtfüßer, Tausendfüßer, eine Strickleiter von Füßen, an einer Quelle angebracht, in deren Fenster nun ein Spiegelbild steigt, das der Gespiegelte inbrünstig küßt, als wären es die feuchten Lippen einer Julia.

Ich suche im Spiegel den zu erkennen, der mich durch meine Augen im Spiegel betrachtet.

Im Spiegel geht mir zwar der Kopf, der mir sonst auf dem Hals wie eine Flamme auf ihrem Docht sitzt, als Vollmond auf, verdeckt mich aber mir selber.

Ich bin ein scheuer Vogel, der sich nur schwer entschließt, sich selbst aus der Hand zu fressen.

Ich möchte meiner Seele so schöne Ständchen bringen, daß nicht nur ihre Anstandsdame, sondern auch sie am Fenster erscheint, wie viele schöne Mädchen an anderen Fenstern, denn hoffentlich wohnt nicht nur eine Seele, ach, in meiner Brust...

Ich stehe am Tor und bewundere das Schloß, obwohl es mich hindert, dem Fest beizuwohnen, von dessen Rummel nur selten ein Laut zu mir dringt.

Die Wellen haben sich – Dachse in ihren Dachsbau – unter den Meeresspiegel zurückgezogen, der Stille Ozean zergeht wie Nebel. Anfangs trübt noch klares Wasser meinen Blick, dann sehe ich tief unten die Fischschwärme ziehen.

Ich kann nicht immer sehen, was für Fische anbeißen, wenn Sonne Mond und Sterne ihre Angeln in meine Augenteiche auswerfen.

Das Loch in der Mauer. Ich raffe mich mit letzten Kräften hoch und rufe hindurch. Auf einmal höre ich ein Röcheln. Ich habe einen Sterbenden, der, wie ich, an der Öffnung hing, von Mund zu Mund beatmet. Nun haucht er auch mir den Lebensodem ein.

Ein Junge steht mit einem Reifen auf der Straße, und plötzlich kommt ein Löwe und springt durch. Gewohnheitssache.

Ich denke die ganze Zeit an den uralten Baum, den ich heute gesehen habe. Auf einmal fängt in seiner Krone ein Vogel zu zwitschern an, andere Vögel antworten ihm, kommen auf ihren Bäumen herangeschwommen und fügen sich zu einem Bäumestrauß, den die Erdoberflächenlinie zusammenschnürt.

Unbeholfener Tropfen, von einem fast sich auf der Erde wälzenden, plötzlich geschmolzenen Strahl aus tausendjähriger Eisgefangenschaft befreit, Vogeljunges in einem winzigen Nest – wirst du sofort von neuem erstarren oder flügge werden und mit duftigem Gefieder unter den Schmerbauch von Mutter Sonne abwandern, die so viele Kinder hat, daß sie nicht für jedes einzelne aus der Bahn geraten kann...

Schon zwei Stunden putze ich das Fenster und es ist noch immer schwarz. Auf einmal aber geht die Sonne auf.

Ich taste mich schon seit Stunden, ja vielleicht schon seit Tagen, durch diese Höhle, und es will mir nicht gelingen, den Ausgang zu finden. Auf einmal setzt sich ein Falke auf meine Finger – ein Lichtstrahl, bereit, mir den Himmel herunterzuholen.

Ich bin ein Löwenbändiger und halte an Stelle des Reifens ein Riesenfernrohr schräg vor mir hin. Da kommen die Sonnen mit ihren Mähnen und springen durch...

Ich spüre die ganze Nacht der Sonne nach. Auf einmal ruft sie: „Ich bin schon da!“ und geht mir im Rücken als Kasperle auf, dessen Zipfelmütze, vornübergeneigt, mich sacht im Nacken kitzelt.

Ich gehe das Ufer entlang und trenne Wasser und Erde. Aber unbeirrbar wird weiter umgeladen. Da schupfen sich Karawanen von Wellen Karawanen von Dünen zu, Karawanen von Dünen Karawanen von Hügeln, Karawanen von Hügeln Karawanen von Hochgebirgsketten und erstarren.

Als wir näherkamen, richtete sich das Atlasgebirge, das in der Hitze tief geschlafen hatte und sich auf einmal beobachtet fühlte, so schnell auf, daß seine Zinnen das von Licht überschäumende Euter des Himmels beinahe zerkratzten.

Das Auto hat eine Feder betätigt. Langsam steigt das Gebirge aus seiner Versenkung und hebt, eine Priesterin, mit seinen Zinnen die blaue Urne des Himmels hoch.

Hochalpengöttermorgendämmerung. Zwischen den Hängen machen sich Nebelwolken, nun nicht mehr im Schutz der Dunkelheit, aus dem Staublosen. Auf einmal sind hoch oben am Kamm an mehreren Stellen die Nähte geplatzt. Goldpalmenfächer und Silbersturzbäche – das Licht des Himmels ergießt sich ins Tal.

Aus den vollen Zitzen des Himmels, die sich weich an die Zacken schmiegen, fließen von den Bergen Milch, morgens und abends auch Blut und Honig.

„Ich ertrinke!" – Ich schlage mit Händen und Füßen wild um mich, und es will mir nicht gelingen, die Wellen zurückzudrängen, die wie eine Hundemeute von allen Seiten auf mich einstürzen. Auf einmal aber ist es, als hätte ich irgendwo den Hebel dieses zerfließenden, sich aber immer erneuernden Räderwerks niedergetreten, ich fühle mich wie ein König auf den Schild gehoben oder wie Arion, der Sänger, auf dem Rücken eines Delphins ans Ufer gespült.

Tauche den Pinsel in den Nil und male Ägypten.

Was weiß die Quelle des Nils von Ägypten?

Im busenweichen Dom des Malerpinsels, dem haardurchstrahlten, strömen Träume und Farben zur Neuvermählung ineinander. Auf einmal werden die Taue gelöst, die Hochzeitsreise auf dem Kirchenschiff beginnt, in dessen Kielwasser nach und nach als Kind ein Bild entsteht.

Chartres. Die Kathedrale. – Was ist die Glasmalerei ohne Licht? Was ist das Licht ohne Glasmalerei?

Nur in den Augen werden die Strahlen zu Licht.

Das Blau des Meeres kommt vom Himmel, aber das Wasser macht es tiefblau.

Es liegen manchmal auch lautere Quellen in den Armen der schmutzigen Erde.

Das ganze Meer wälzt sich zu meinen Füßen... Ich habe aber nur eine Angel und kann nicht mehr als einen Fisch auf einmal aus dem Wasser ziehen.

Ich brauche keine lange Angelschnur, denn entweder habe ich überhaupt kein Glück – dann liegt das Meer wie ausgestorben da –, oder aus allen Enden der Welt kommen in Schwärmen die Fische heran, und jeder will der erste sein, als wäre der Köder eine Hostie, und laufend hängt einer gekreuzigt am Haken und tritt eine kurze Himmelfahrt an.

An manchen Tagen ist das Labyrinth ein Gefängnis ohne Türen und ich komme aus wenigen Räumen nicht heraus. An anderen Tagen mache ich in ihm eine Weltreise.

Ich bin die zweite Stufe einer Rakete. Die erste Stufe ist von mir abgefallen und schiebt mich nicht mehr. Und dauernd schießen mir neue Stufen aus dem Kopf.

Die Quelle ist viel zu tief. Ich schiebe die Lippen vor, bis mir ein Schnabel gewachsen ist. Aber dann habe ich plötzlich auch Flügel und fliege davon.

Wie ich mich auch drehe und wende, es will mir nicht gelingen, ihn mir vom Halse zu schaffen, den Bienenschwarm der Bilder, die mich dauernd umschwirren. Als wäre ich eine Blüte... Als wollten sie in mir den Honig sammeln... Ein Stich! Ein Stich! Ich glaube, ich habe einen Stich!

Das All strömt durch die Augenfischernetze, worin sich indessen nur Dinge verfangen, die in den Maschen eine Wiege finden. Manchmal lösen sich aber vom Grunde exotische Fische und schlängeln sich mit ihren langen Schleppen durch und zurück.

Jenseits der Mauer geht jemand auf und ab, im gleichen Schritt und Tritt, und manchmal ist es, als dränge zu mir, durch den Stein hindurch, menschliche Wärme.

Es muß noch jemand im Labyrinth sein. Manchmal hallen aus nahen Gängen Schritte herüber, verschwinden eine Weile – mich dünken es Jahre – und sind auf einmal so dicht an mir, daß nur noch eine Mauer uns trennt. Hat die Mauer ein pochendes Herz? Es ist wohl das seine, wie auch das meine, deren Schläge der Stein eint.

Niemand sah den Stein ins Wasser fallen. Langsam verbreiten die Kreise die Botschaft.

Dein Schild deckt nicht deine Strahlen...

Ich habe kaum an der Zeltwand zu sticken begonnen, aber schon tritt manchmal der König ein und setzt sich auf den Thron.

Ich höre nachts das Rauschen des Bachs und suche aus der Art seines Sprudelns Schlüsse auf seine Quelle zu ziehen.

Er suchte der Quelle auf den Grund zu kommen. Plötzlich fiel ihm von den Schultern die Last des Gesteins und er stand aufrecht unter freiem Himmel. Es regnete in Strömen.

Das Weiß des Hintergrunds – Papier – schimmert auf manchen Graphiken als mystisches Licht durch.

Wer das Ziel erreicht, ist vom Weg abgekommen.

Nur auf dem *Weg* zur Mitte ertönt auf der Platte Musik.

Die Nadel wogt auf dem Schallplattenmeer. Sie wird die Mitte wohl nicht erreichen, auf ihrem endlosen Umweg dahin aber, Furche um Furche neben sich legend, erntet sie ackernd die Garben des Klangschaums.

Es will mir nicht gelingen, an den Horizont zu gelangen und meine Schnauze vertraulich als Keil zwischen Himmel und Erde zu legen.

Es will mir nicht gelingen, mich an den Horizont heranzupirschen, um dort die Himmelsleiter zu erklimmen. Bei jedem Schritt aber schürzt er die Lippen zum Kuß und überflutet wie eine Welle Neuland.

Wenn wir bei der Besteigung eines hohen Gipfels jeden Augenblick anhalten und in dem wie mit einem Fischernetz hochgezogenen Panorama immer neue Ausblicke gewinnen könnten...

* * * * * * *

Am Abend ist es, als möchte die Sonne am Horizont landen und den bunten Fallschirm des Himmels der Erde als Gabe darbringen.

Die Zauberstäbe der Abendsonne berühren nur eine Weile Erde und Himmel.

* * * * * * *

Der Mond hat heute nacht der Erde den Trauring an den Strom gesteckt.

Der Mond hat seine gefiederte Pfote in seine Beute, den Fluß, gekrallt und nimmt dessen machtlose Rettungsversuche mit Seelenruhe hin.

Regentropfen – ein Kometenschwarm – sind in der Sonne aufgeflammt und im Meer verschwunden. Ich suche ihren Spuren zu folgen. Der Meeresspiegel gibt ihren Glanz nicht wieder.

Wenn das Schiff seinen Bauch an den Hafen schmiegt, kommt die Wellenpolizei, bildet eine Kette und treibt die beiden wieder auseinander.

Er wollte schwimmend das Wasser beiseiteschieben, bis das Schloß mit den Meerjungfern freilag.

Ich bin ein Stück Kohle, man hat mich dem Schoß der Erde entrissen und wie eine Braut, deren Stunde geschlagen hat, in den Schoß des Feuers geworfen, das mich glühend umarmt, bis ich Hülle um Hülle die Kleider ablege, die feinsten, durchsichtige Schmetterlingsflügel, in den Himmel auffliegen, bis unten die gröbsten, Asche, mich stutzen.

Sie hatte zwar alle Schätze der Welt, konnte sich aber nicht als Königin fühlen, solange es ihr nicht möglich war, zu jedem Fest sich die ganze Schatzkammer um den Hals zu hängen.

Ich habe Stielaugen, mit denen ich Dinge in weiter Ferne festhalten kann, aber keine Fangarme, sie auch ans Herz zu drücken.

Der Kapitän fühlt sich nicht sicher auf dem Wasser. Er bohrt ein Loch ins Schiff – jetzt sitzt er fest im Schlamm.

Es zieht uns so nach dem Ziel aller Wege, daß wir schon in der ersten Sackgasse hängenbleiben.

Man findet im Labyrinth nur selten das Tor, aber immer wieder dieselben Gänge.

Der Wind wühlt alle Blätter auf. Sie legen sich mal hier mal dort, aber immer ist es derselbe Teppich.

Erst als der Fährmann alterte, erfand er die Brücke.

Der Weizen schüttelt bedenklich den Kopf, wenn er die wurzellosen Rehe im Wald verschwinden sieht.

Die Stecknadel nähert sich der Seifenblase. Etwas von deren Schillern färbt auch auf sie ab. Es flößt ihr den Mut ein, die Angebetete auch zu küssen. Da fällt ihr aber nicht das Schillern, sondern Seife um den Hals.

Das Auge am Kirchenfenster, suchte er das Geheimnis des mystischen Lichts zu ergründen. Die Sonne schien. Sie hütete wie eine Hirtin die Stadt.

Fisch darf an Himmel nur nippen.

* * * * * * *

Manchmal will das Wasser anhalten und verschnaufen, aber eine sanfte Hand drückt es noch ein Stück weiter. Manchmal will es seitwärts ausweichen – wieder ist ein Schäfer da und treibt es weiter, bis zum Meer.

Es kommt der traurige Augenblick, in dem der Tropfen über dem Springbrunnen sich nicht mehr gehoben fühlt und vor dem Himmel haltmacht und umkehrt.

Der seltsame Drang, der ihn stets nach oben trieb... Mit der Spitze hatte er auch den Höhepunkt seines Lebens erreicht, denn als die eine Hälfte seines langen Körpers den Abstieg bereits begonnen hatte, wurde sie plötzlich durch einen Stich von der anderen getrennt, und nun war der Säulenheilige auf dem Nagel, der Wurm, auf ewig mit sich uneins.

Mit dem Vorhang fiel es dem Schauspieler wie Schuppen von den Augen, und er stand als Laie auf der Bühne der Welt.

Die trennende Mauer war eingebrochen – dann war auf einmal der Film zu Ende, das Licht ging an und fegte mich wie ein Ungeziefer von der Leinwand herunter und aus dem Saal.

Jeden Morgen fühle ich mich von einem Traum wie Strandgut abgesetzt.

Wie enttäuschend kann es für einen Nachtwandler sein, wenn er aus seinem Traum gerissen wird und einen Schutzmann vor sich sieht.

Er war als erster Mensch auf dem Mond gelandet, der aber so grell war, daß er erwachte und Hals über Kopf den Laternenpfahl auf die Erde zurückkroch.

Vielleicht wäre das Leben ein Traum, wenn sich die Träume als Tarnkappen nicht Körper umhängten.

Ich lebe in einem engen Rahmen, aber in diesem Rahmen ist der Türrahmen und hinter dem Türrahmen die Welt.

Der Elfenbeinturm ist so durchsichtig, daß sein Insasse, durch die Wände hindurch, im milden, verklärenden Licht – wie im Schattenspiel – das Fuchteln der Krieger beobachten kann, die einen Sturmbock heranrücken, lange noch bevor der erste Stoß ihm ein Fenster zur Welt öffnet.

Ich habe einen Regenbogen als Rettungsgürtel um die Stadt gelegt und bin in seinem Anblick so versunken, daß ich erst nach und nach merke, wie die feindlichen Pfeile als brennende Fackeln sich von ihm lösen und die Belagerten wie Bretter durchbohren.

Als Archimedes den ersten römischen Soldaten erblickte, warf er einen Stein ins Wasser, sprang ihm nach und ging in seinem eigenen Kreise unter.

* * * * * * *

Täte ein Neuankömmling im Schattenreich, der mit der modernen Technik schon vertraut ist, gut daran, aus dem herumliegenden Schrott einen Kran zu bauen und Sisyphus' Fels dem Berg damit als Krone aufzusetzen?

Sisyphus sah seine Strafe letzten Endes als einen Segen an, denn ohne sie hätte er nie die vielen Ideen gehabt, die es ihm erlaubten, den für einen Menschen viel zu schweren Fels den Berg hinanzuwälzen.

* * * * * * *

Jeden gefangenen Fisch nahm er als Köder für einen größeren Fisch, bis es zwischen Land und Meer, ihm und dem Leviathan, zu einem Tauziehen kam, und als es ihm endlich gelang, den Widersacher an die Küste zu zerren und als Gebirge aufzustellen, stürzten Wildbäche, mit Blut vermengt, zwischen den Flossen zurück ins Meer, das sonst zu einem Tümpel eingeschrumpft wäre, und verhüllten seinen Schlamm.

Wo mehr als zwei beisammen sind. – Es muß schon ein sehr erfahrener Fischer sein, wenn er imstande ist, an seine Angel einen Fisch zu locken, dessen Schwanz die Lieblingsspeise eines anderen Fisches ist, dessen Schwanz die Lieblingsspeise eines anderen Fisches ist, dessen Schwanz die Lieblingsspeise eines anderen Fisches ist, usw. von Schwanz zu Schwanz. Wenn eine ganze Kette von Fischen am Haken hängt, zieht er die Angel hoch und schwenkt den chinesischen Drachen, bis alle Farben der schillernden Fische zur Geltung kommen. Sterben sie in der Luft, so bleiben die Zähne eines jeden im Schwanz seines Vordermanns festgehakt, und die Kette ist nicht mehr zu lösen.

Kreuz und quer, unausgesetzt – ein Lauffeuer – durch die Wüste reiten, den Staub aufwirbeln, bis auch das letzte Korn sich erhebt und Brandwolken die Sonne löschen, den mächtigen Durst im Ozean stillen und Flüsse freilegen, die längst verschüttete Ägypten als Schleppe nachziehen und ihnen zu neuer Blüte verhelfen.

* * * * * * *

Manche Seehunde bringen es im Jonglieren zu so einer Meisterschaft, daß sie fähig sind, von Generation zu Generation eine Seifenblase weiterzugeben, ohne daß sie platzt.

Die Frauen sind so hingerissen, sie merken gar nicht, wenn sie im siebenten Himmel sind, wie die Ringe seiner Arme immer enger werden, und wie er sie endlich erwürgt. Dann breitet er ein Laken über sie, und wenn die nächste sich darüberlegt, ist sie dem siebenten Himmel von Anfang an schon ein gutes Stück näher.

Nach und nach tritt in der regungslosen Flamme die Kerze ihre Himmelfahrt an.

Wenn das Klavier auch zugrundeging, so irrlichterte seine Musik noch lange auf vielen anderen Klavieren herum.

Nun zuckt im Kreis ein Traum herum.
Hofmannsthal

Der Kreis – die reihum aufleuchtenden Edelsteine einer Krone.

* * * * * * *

Es begann mit Mäusen, die zusehends wuchsen, bis schließlich ein Pferd das Rennen gewann.

* * * * * * *

Ich bin eine Brieftaube, die stets nach ihrem Ursprung suchen muß.

Vielleicht wäre der Babylonische Turm nicht auf Sand gebaut gewesen, hätte man unter ihm zuerst einen Keller gegraben – ein Brunnen wäre hervorgesickert, in dem des Weges kommende, wie Vögel angelockte, durch Spiegelung gefallene Engel – ihre Flügel hätten sich in Flossen verwandelt – einen tieferen Himmel gegründet hätten.

* * * * * * *

Tauche den Pinsel in den Nil und male nicht Ägypten – male ein ehedem wie Ägypten nie dagewesenes Land.

# Eine Tragödie zur Bekämpfung einer Tragödie – in fünf Aufzügen, einem sechsten als Zugabe und vorläufig noch einem Nachspiel

## I - Vor dem Glanz muss man ein Auge zudrücken

Hinter mir ist die Polizei. Ich gerate im Kasino an den Spieltisch und muß nun beweisen, daß ich die Spielregeln kenne.

❍ ❍ ❍ ❍ ❍ ❍ ❍

Was geht es die Bäume an, die so liebevoll der Sonne die Arme entgegenbreiten, wenn unter ihnen die Gräser ersticken?

Wir trinken nicht, um zu vergessen, Brüder – auch ohne zu trinken vergessen wir euch.

Holbeins oder Van Dijks Porträts – nur die Oberschicht ist zu sehen. Tiefer zu schürfen ist nicht zu empfehlen – es bliebe ja nur das zerschlissene Linnen der Leibeigenen ihrer Zeit.

Arena von Arles – Überreste eines vorsintflutlichen Ungeheuers, dessen Wirbelsäule, mit der doppelten Arkadenreihe, zu einer Zeit, da sie noch biegsam war, zu einem Lorbeerkranz gewunden wurde, für die römischen Läuse, die darin saßen und zusehen durften, wie Menschen und Tiere einander vernichten.

Viele Elefanten sind außerstande, in einem Elfenbeinturm ihre Zähne zu sehen.

Ab und zu fühlt sich der Räuber im Walde so einsam, daß er mit einem des Weges kommenden Kaufmann ein Gespräch anknüpft und es nicht eher abbricht, als bis ihm ein Stein vom Herzen gefallen ist und er auch seinem rettenden Engel die schwere Last der Waren abnehmen kann.

PIETATEM

Wie gern würde die trächtige Wölfin, statt mit einem neuen Wurf hungriger Welpen – sie liegen ihr zur Stunde noch wie Steine auf dem Magen – mit dem zarten Lamm niederkommen, das sie von Morgen bis Abend in ihrem Gehirn wie in einer Gebärmutter mit sich herumschleppt.

Was für ein gutes Gewissen hat man schon durch ein schlechtes Gewissen...

Vielleicht wird das Mitleid mit den Sündern in der Hölle die himmlische Seligkeit noch vertiefen.

Der Löwe frißt nicht alles allein. Er läßt auch etwas für den Aasgeier übrig – das nenne ich leben und leben lassen!

Wie ergreifend klangen die Negerlieder... Manchmal sagte sich ihr Herr: „Wenn ich ein Neger wär' *und auch so singen könnt'*..." Da's aber nicht konnt' sein, hieb er umso heftiger auf sie ein.

Großmutter, warum hast du eine so große Musik?

Es ist einem Schwerhörigen oft gar nicht recht, wenn man ihm für sein teures Geld ein Gerät verkauft, mit dem man auch die innere Stimme hören kann.

Menschenfresser fressen auch Menschenfresser. Menschenfresser sind aber für Menschenfresser gute Menschen, da auch ihnen gute Menschen schmecken.

Als die Wespe sich im Bienenkorb verlor, sang sie, vom Chor der summenden Immen begleitet, die sich in immer engeren Kreisen an sie heranpirschten, das Hohelied ihrer gemeinsamen Liebe zum Honig!

Manchmal kann es auch das seidene Gewand des Prinzen nicht verhehlen, daß er schon wieder in die Hose gemacht hat.

Nicht alles, was Gold ist, glänzt.

❍ ❍ ❍ ❍ ❍ ❍ ❍

Wanderers Nachtlied.
Abendstille überall. Niemand hört das Knurren meines Magens.

Ein Kornteppich besät die ganze Erde und reicht nicht aus, die Mäuselöcher aller Münder zu stopfen.

Der Hunger zwang ihn, zum Saatkorn zu greifen. Ein Wunder geschah – es hinterließ in seinem Magen ein Gewächs.

Der Bauer konnte die Berge – die krönte sein einziger, steiniger Acker – mit seinem Glauben zwar nicht versetzen, sie gebaren ihm aber, wie eigene Söhne, Maus um Maus.

Ein kleiner Einschub in den Mund ist oft nur ein kurzer Aufschub des Todes.

Ihr tägliches Brot, das du ihnen gestern nicht gabst und auch nicht vorgestern, gib ihnen nicht morgen und nicht übermorgen, sondern heute...

Der Mensch lebt in der Not auch gern von Brot allein.

Ein Magen hat sich ihm mitten im Körper als Kuckucksjunges eingenistet und reißt ihm die Speiseröhre wie einen Schnabel auf, so daß auch er nach Futter lechzen muß und sich zu jeder Schinderei hergibt, nur um ihm was zu fressen zu verschaffen, obwohl es gleich in seinem Kropf verschwindet, als wäre der ein bodenloses Faß.

Die Eisenbahn rattert auf hoher Brücke mitten im Winter durch eine Vorstadt.
„Fürchtet euch nicht vor dem Wind-Zug“, ruft ein Fabrikschlot und breitet über die zahllosen fröstelnden, eng aneinandergeschmiegten Häuschen – man sieht, daß es Geschwister sind – die Fittiche seines sprudelnden Qualms, Nachklang wohliger Wärme.

Immer wieder wird eine Vorstadt abgewälzt, und immer wieder klammert sich eine neue an den Zug, als wollte sie auch ins Grüne mitgenommen werden.

Tod und Geburt durchziehen das ganze Leben. Am Ende überwiegt der Tod.

Die Auferstehung beginnt schon vor der Geburt, und oft wird ihr noch lange vor dem Tod durch das Leben ein Ende gesetzt.

Im Elend ist eine Geburt oft eine Auferstehung in Gespensterart.

Wir sind heikle Maschinen mit hohen Unterhaltungskosten, und können sie oft nur mit äußerster Mühe bestreiten – nicht immer sehr unterhaltsam...

Da sein ist alles, was viele vom Dasein haben.

Da sein ist oft der einzige Grund, mit dem Dasein zufrieden zu sein.

Hunger, Verbrechen und Prostitution würden merklich zurückgehen, wenn wir uns den Herrn zum Vorbild nähmen und nicht mehr als ein Kind in die Welt setzten.

Die Wölfe sind stets für eine Mehrheit der Schafe.

Die Geißlein dürfen sich auch heute unbeschränkt mit dem Segen der Wölfe vermehren.

Ihr werdet zahlreich sein wie der Sand am Meer und gleichermaßen unnütz.

Der Schrei umgab ihn wie ein Heiligenschein und wurde dann wie mit Pferden in alle Richtungen auseinandergerissen und gevierteilt.

Hilfeschreie aus der Ferne können wie Zucker im Wasser zergehen und das Leben versüßen.

Es ist nicht sicher, daß die Kalorien, die wir – mit hohem Kostenaufwand – aus unserer Nahrung entfernen, den Völkern der Dritten Welt zugute kommen.

Ich bin so satt, ich mag kein Blatt, auch für die Ziegen der Dritten Welt nicht – die sind zwar nur noch Haut und Knochen, brauchen sich aber kein Blatt vor den Mund zu nehmen – ihr Meckern dringt nicht zu uns herüber, und wenn es auch einen noch so langen Bart hat.

❍❍❍❍❍❍❍

## III - Von einigen Schwierigkeiten der Windeinstellung

Der Mensch ist dem Menschen ein Wolf. Zu seiner Entschuldigung muß man sagen, daß der Mensch dem Menschen oft auch ein Schaf ist.

❍❍❍❍❍❍❍

Der Wind muß sehr genau eingestellt sein. Ist er zu schwach, wirbelt er nur Staub auf. Ist er zu heftig, legt er alles um. Er muß gerade die nötige Stärke haben, die Straßen sauberzufegen.

In einem Strudel fühlt sich der Schwimmer zuerst wie getragen.

Die Straßen einer Stadt sehen nach einer Überschwemmung nicht immer sauberer aus.

Die kürzeste Verbindung zwischen zwei Punkten ist eine Gerade – wir sind so fest davon überzeugt, daß wir gar nicht merken, wie sehr wir uns den Kopf anschlagen, wenn eine Wand dazwischen steht.

Die gute Fliege, in ihrem dunklen Drange, ist sich des rechten Weges wohl bewußt, und eine Scheibe hat für sie keinen Bestand.

Wer mit dem Kopf durch die Wand will, muß dafür sorgen, daß sie offene Türen hat, die er einrennen kann.

Manche unterhöhlen das ganze Haus, um unter dem Kohlenkeller die Kohlengrube zu finden.

Nur dumme Leute kaufen sich ein Auto. Ich kaufe mir eine Flasche Benzin, denn ich habe begriffen, daß nicht der Motor, sondern der Kraftstoff den Pkw antreibt.

Der Schlangenschwanz gelänge viel schneller an sein Ziel, wenn er hie und da eine Abkürzung nähme und nicht alle Windungen des Schlangenkopfes nachvollzöge.

Der Einbeinige ist so stolz auf seine neuen Krücken, daß er den Zweibeinigen gleich Unterricht im Gehen geben will.

❍❍❍❍❍❍❍

Manche fühlen sich wie in einem Gefängnis, wenn sie die Tür zum Nachbarn nicht *aufmachen* dürfen.

Manche bauen Brücken von Mensch zu Mensch – es ist, als ob sie Haken auswürfen und Schiffe kaperten.

Ich möchte die Wand entfernen, die mich von meinem Nachbarn trennt. Leider ist es die nämliche Wand, die mich auch vor ihm schützt.

Wer die trennende Mauer zwischen den Menschen aufheben will, muß dafür sorgen, daß ihnen das Dach nicht auf den Kopf fällt.

Denn wo immer zwei oder drei versammelt sind, da ist ein Gefreiter mitten unter ihnen.

Daß man sich bei jeder Auseinandersetzung fast immer weiter auseinandersetzt...

Manche können ihre Monologe nur im Beisein anderer vom Zaun brechen.

Ein offenes Ohr kann manchmal sehr verschlossen sein.

Man kann von einer Wahrheit so geblendet sein, daß man für jede andere Wahrheit blind ist.

Sie vernichteten eines Tages ihr Gefängnis und traten als freie Küken in den Hühnerstall.

Die Gedanken sind frei. Aber manchmal denkt man sich, nicht nur die Gedanken sollten frei sein. Und da wäre es mitunter besser, man käme auf andere Gedanken...

Du atmest nicht frei, weil wir dir Mund und Nase verstopfen? Du atmest ohnehin nicht frei, du mußt ja atmen...

Brüder, reicht die Hand zum Bande, aber nicht zu fest – ich möchte nicht das Gefühl haben, zwischen zwei Schutzmännern abgeführt zu werden.

„Seid umschlungen, Millionen!“ rief nach dem Umsturz der Henker.

Wie artig sich die Guillotine beim Essen benimmt – man braucht ihr nur als Stangenspargel Köpfe in den Mund zu schieben.

Wer befreit uns von unseren Unterdrückern? Und wer von unseren Befreiern?

Wir waren zarte Bäumchen. Wehte der Wind zu heftig vom Westen, verneigten wir uns nach Osten. Wehte der Wind zu heftig vom Osten, verneigten wir uns nach Westen.

Wir gebärden uns oft wie Kranke, die sich nur um einer kurzen Erleichterung willen von rechts nach links wälzen oder von links nach rechts.

Zwei Seelen wohnen, ach, wie auch zwei Lungen in unserer Brust – eine rechte und eine linke Seele.

Wie unterschiedlich sind die Denkungsarten, die in uns wie Wellen bald hoch- bald niedergehen...

Dem Kampf der alten, zahnlosen Wölfe war kein Ende abzusehen. Sie schnäbelten und wälzten sich umeinander wie ein Liebespärchen.

Was wäre besser? Wenn ein amerikanischer Milliardär die Mittel aufbringen könnte, dem lieben Gott die ganze Welt abzukaufen und sie nach dem Vorbild seines Landes einrichten zu lassen? Oder wenn der Herr, nach Einblick in die sowjetischen Statistiken, endlich auch einsähe, daß die Partei immer recht hatte, ihr – nach ausführlicher Selbstkritik und mit Zeichen aufrichtiger Reue – als einfaches Mitglied beiträte und ihr für Zeit und Ewigkeit die Allmacht überließe?

Der geschichtliche Zauberlehrling hat vom Hexenmeister oft nur gelernt, alle Güter des Landes in seine Tasche zu zaubern.

Ein unerschrockener Kämpfer ist manchmal ganz erschrocken, wenn er sieht, wofür er so unerschrocken gekämpft hat.

Rauch aus sowjetischen Schloten ist nur bei völliger Flaute linientreu.

Wer der Sonne zustrebt, sieht nicht immer seine Schattenseiten.

Am Tag verdunkelt das Licht die Sterne.

Klar ist nicht immer wahr.

Der Zug war nicht auf Schienen angewiesen – er schnitt sich die eigenen Schienen ein und tanzte kreuz und quer durch die Felder, bis die ihm alle zu Füßen lagen.

Aus Angst vor ausgetretenen Pfaden nicht alle Äcker in ausgetretene Pfade verwandeln...

Hunde vermehren sich durch Diebe.

❍ ❍ ❍ ❍ ❍ ❍ ❍

Manche wagen nur den Sprung in die Tiefe, wenn sie nicht am Rande eines Abgrunds stehen.

Die Katze, die sich mit einer Schale Milch begnügt und einen guten Käse nicht zu schätzen weiß, macht auf die Maus überhaupt keinen Eindruck...

Auf mancherlei Umwegen ist es dem Schlangenkopf gelungen, zum Schlangenschwanz zurückzufinden. Nicht gelingen aber will es ihm, Schulter an Schulter mit ihm weiterzugehen.

❍❍❍❍❍❍❍

## IV - Ein Orgelspiel mit Hand und Fuss

Demonstration vor dem Himmelstor – die Menschen fordern das ewige Leben!

Schade, daß im Anfang keine Studenten waren, die Gott daran gehindert hätten, Adam und Eva aus dem Paradies zu vertreiben.

❍❍❍❍❍❍❍

Ein Fluß, dem ein zu hoher Damm gebaut wird, hat somanches herunterzuschlucken.

Ich möchte mich wie ein Fisch und nicht wie ein Tropfen im Wasser fühlen.

❍❍❍❍❍❍❍

Ich darf nicht wollen. Ich kann nur wollen, was ich nicht will. Man fühlt sofort, daß es nur gewollt ist.

Der Mensch hat nicht aus freiem Willen die Willensfreiheit gewählt.

Ich möchte unter dem Zwang stehen, frei handeln zu müssen.

Der erste Schritt ist schon eine Untat, denn nach dem ersten Schritt kommt der zweite, nach dem zweiten der dritte, und wenn andere in die Spuren treten, ist es fast schon ein Weg und mag sie daran hindern, den eigenen Weg zu gehen.

Ich hebe die Hand hoch. „Aha!“ sagt eine innere Stimme, „er hebt die Hand hoch! Das ist vielleicht schon ein Präzedenzfall! Vielleicht will er nunmehr öfter die Hand hochheben!“ Und schon fängt etwas an, auf ihren Befehl mir die Muskeln des Armes zu stählen, damit mir in Zukunft das Handhochheben nicht so schwerfällt. Und ich fühle, wie diese eine Bewegung schon meine Freiheit einengt.

Ich bin keine Karyatide und muß auf allen meinen Wegen eine bis zum Himmel ragende Luftsäule wie einen schweren Krug auf dem Kopf balancieren, und kann sie auch nicht abnehmen, wenn ich mich auf einer Bank ausruhen will – da springt mir sofort eine andere wie ein Mädchen auf den Schoß.

Ich möchte nicht mit offenen Augen gezwungen sein zu sehen.

Ich würde mich viel freier bewegen, wenn ich die Welt nicht wie ein Schneckenhaus mit mir herumschleppen müßte.

Auch ein fliegender Vogel wird von der Erde wie ein Hund an der Leine geführt.

Ich war, als ich zu mir kam, längst schon da und konnte nicht mehr sehr viel an mir ändern.

Ich habe mich nicht selbst ausgesucht, muß aber schlecht und recht mit mir auskommen, als teilten wir dieselbe Gefängniszelle.

Körper und Seele sind Königskinder – sie werden schon vor der Geburt miteinander vermählt. Später läßt es sich oft nicht verhindern, daß beiden die Augen aufgehen.

❍ ❍ ❍ ❍ ❍ ❍ ❍

Wir wollen unsere Kinder zu natürlichen Wesen veredeln.

Der Mensch ist frei geboren, aber ganz verloren, wenn er nicht schon wenige Minuten nach der Geburt an eine Brust angekurbelt wird.

Der Mensch ist in Ketten geboren, auch wenn das einzige Kettenglied die Arme der Mutter sind.

Tag für Tag wird ihre Kindheit mit neuen Puppenkleidern ausgestattet.

Die Kleinen spielen mit kleinen Puppen, die Großen mit großen, merken aber oft nicht, daß sie lebendig sind.

Wenn Worte trügerisch sind, so sollte man es verhindern, daß Kinder sprechen lernen.

Wird Wachstum schon von Anfang an der Urwüchsigkeit zum Verhängnis?

Caspar Hauser hatte das Glück, in einem Keller aufwachsen zu dürfen und so seine Ursprünglichkeit zu bewahren. Sollten wir nicht auch unsere Kinder, sich selbst überlassen, in Kellern aufziehen und sie nur kurz, wie Stiere in eine Arena, ins Licht kommen lassen, dessen Berührung sie allerdings so schnell verdirbt, daß auch für sie schon ein Degen bereit stehen muß.

Wir würden uns vielleicht natürlicher entwickeln, wenn man uns nicht dauernd einschärfte, wie wir uns natürlich zu entwickeln *haben*.

Ein Kind, das etwas auf sich gibt, wird nicht mit einer Puppe spielen, die nicht dreimal so groß ist wie ein Erwachsener.

Der Junge brüllte so heftig, daß man es nicht wagte, ihn von der Nabelschnur zu lösen, mit der er dann sein Leben lang die Mutter an der Leine führte.

Sollen die Kinder mit drei in die Oberschule kommen oder mit neunzehn den Kindergarten verlassen?

Büffeln, büffeln, büffeln – damit die Kinder zu Impfstoffen werden und nicht zu Krankheitserregern.

Der verstockte Schüler will mit dem Alphabet nichts zu tun haben. Er weiß – wer A sagt, muß auch B sagen.

Es wird den Kindern auch in Zukunft keine gerechte Verteilung der Eltern zugebilligt werden.

Er wurde König, als er um seinen Prügelknaben keine bitteren Tränen mehr vergoß.

❍ ❍ ❍ ❍ ❍ ❍ ❍

Sie ist nicht mehr fern, die Zeit, wo sich der Arbeiter am Fließband wie ein Orgelspieler fühlen wird – die ganze Arbeit mit den Füßen verrichten und beide Hände für seine Steckenpferde freihalten.

Er hat nichts gegen ein Fließband, wenn es ein Bach ist mit vielen Forellen...

❍ ❍ ❍ ❍ ❍ ❍ ❍

Was hat wohl dem entrüsteten Tierfreund, der die Käfige des Zoos abzutragen begann, unter einem Gitter die Beine weggefressen?

Arion schaut dem Löwen in die Augen, der Löwe senkt seinen Blick und schaut dem Sänger auf den Hals.

Der Löwe sah im Schäferstündchen die Löwin so verliebt an, daß ihm der Fotograf um den Hals fiel.

❍ ❍ ❍ ❍ ❍ ❍ ❍

Ich habe nur flüchtig gesehen, was eben an mir vorbeigehuscht ist. Ich drehe mich in die Vergangenheit um – die Gegenwart.

Die Zukunft beginnt erst, wenn sie über die Gegenwart in die Vergangenheit geglitten ist.

Wir sehen die Folgen und kehren deshalb zur Tradition der Ursachen zurück.

Wie kann man rückwärtsgewandt und mit der heutigen Zeit zufrieden sein, in der die Gegenwart unablässig die Vergangenheit panscht?

Es ist nicht jede Alchimie, die ferne Zeiten in goldene verwandelt und ferne Länder in Eldorados, für bare Münze zu nehmen.

Ja, die gute, alte Zeit – wenn sie nicht immer die neue ausbrütete...

Ja, die gute, alte Zeit... Nicht vergessen, bei ihrer Beschreibung wie auf dem Klo auch den Geruch zu Papier zu bringen...

Wie die Fliege dem Fliegenfänger, so fühlte sich der Bauer oft der Scholle verbunden.

Für das Arschloch ist der Furz – ob er sich nun ganz von alleine oder mit etwas Nachdruck Luft macht – der sichere Beweis, daß er das Sprachrohr des Himmels ist.

Ehe ich einschlief, sah ich noch, wie der Heilige Joseph, der Zimmermann war, aus einer Statue auferstand und dem Prediger unter den Füßen die Kanzel wegsägte.

Der Wirbelwind hat die Blätter zwar aufstöbern, sie aber nicht wie der Frühling den Bäumen als frische Wäsche aufhängen können.

Der Kopf der Schnecke ist auf ewig durch das Gehäuse vom After getrennt.

Die vorüberrasende Herde der Wolkenmustanggrauschimmel – ihr Galoppieren verwehen die Winde, die ausgesandt werden, den Bäumen unter die Arme zu greifen und – wohl oder übel – sie mitzureißen. Aber die Bäume, mit ihren langgezogenen Stämmen, hängen zu sehr an den Wurzeln.

Mit welcher Wehmut Adam und Eva bis an ihr Lebensende der guten, alten Zeit gedachten...

❍ ❍ ❍ ❍ ❍ ❍ ❍

Auch der Seiltänzer muß Kopf haben.

Ich fühle erst, daß ich fühle, wenn ich denke, daß ich fühle.

Ich gehe lieber auf der Erde, die mir auf Schritt und Tritt widersteht, als auf dem Wasser, das mir dauernd nachgibt.

Ich will nicht immer frei sein, und wenn ich aus einem Flugzeug stürze, öffne ich den Fallschirm.

Es steht dem Seiltänzer jederzeit offen, frei vom Seil zu fallen.

Als Gott den Baum der Erkenntnis schuf und meinte, Adam und Eva würden nicht von seinen Früchten essen, da fehlte es Ihm noch an Menschenkenntnis.

Kann ein Weg, auf dem kein Kraut gewachsen ist, allein zur Hölle führen?

Es ist gut, daß ich den Kopf wie eine Schildkröte einziehen kann – hie und da muß ich in mir doch nach dem Rechten sehen. Innen wird zwar behauptet, man werde sich von einem Kopf nichts einreden lassen. Streifen dann aber die Scheinwerfer meiner Augen – es ist, als wären sie die von Schlangen – die schillernden Gebilde, deren Leuchtkraft sie erhöhen, so kommen die wie verängstigte Vögel heran und fügen sich ganz von allein zu Satzkarawanen.

Erst jetzt konnte er die Wasserspiele richtig genießen, erst jetzt begriff er, warum sie ihm so gefielen – er hatte erfahren, woher die Rohre kamen, die sie speisten.

Der Weltrekord wäre seit langem weit unterboten, hätten abwegige Regeln den Hürdenläufern als Hindernisse nicht Hürden in den Weg gestellt.

Auch eine Schnecke hat das Recht, sich frei zu bewegen – ohne Schneckenhaus!

Er wäre eines Tages beinahe ertrunken und sieht es seither als seine Lebensaufgabe an, alle Fische vor dem Wasser zu retten.

Hunden lieber gar keine Knochen geben als Knochen ohne Fleisch.

Tauben und Spatzen zur Not mit Gewalt aus der verpesteten Stadtluft vertreiben...

Manchmal ist es, als wäre die Schlange, die den Baum der Erkenntnis umwand, auf den Kopf gefallen.

Ich komme mit Leuten, die einen Vogel haben, nie auf einen grünen Zweig.

Manche scheinen schon deshalb einen Vogel zu haben, weil sie so gar keinen Vogel zu haben scheinen.

Ich hoffe, daß mein Weg nicht einzig und allein durch Wege gezeichnet ist.

Ich bin froh, festen Boden unter den Füßen zu haben und traurig, daß er mich hindert aufzufliegen.

Der Apfel, den Adam und Eva aßen, liegt uns noch heute auf dem Magen.

❍❍❍❍❍❍❍

Alle seine Träume waren in Erfüllung gegangen – er sehnte sich nur noch nach Träumen.

Um seine Hoffnung wird man oft durch die Erfüllung betrogen.

Der verwirklichte Traum ist oft nur dessen billige Nachahmung.

Verwirklichten Träumen gebricht es oft am Geheimnisvollen der Glasmalerei.

Nicht einmal in unseren Träumen sind wir frei – Bücher, Filme, Predigten, Reden usw. versuchen uns ihre Traummuster, oft sogar mit Traumregieanweisungen, aufzuzwingen.

Ein großer Traum hat oft ein Schwert in der Hand, mit dem er die Fäden durchhaut, die andere Träume anderen Träumern verbinden.

Aus einem feinen geistigen Band wird oft ein fester Stacheldraht.

❍ ❍ ❍ ❍ ❍ ❍ ❍

Es nehmen so viele am allgemeinen Tauziehen teil, die gar kein oder gar keinen Tau haben.

Ist der Narr ein Weiser und nur als König ein Narr?

Endlos wie ein junges Kätzchen dreht sich an der äußersten Linken um seine Linke ein Linksradikaler, und wenn er nicht mehr weiterkann, muß er zu seinem Leidwesen feststellen, daß er zu seiner Linken immer noch eine Linke hat.

Ein sitzendes Gerippe am Ufer – es wollte, um nicht im Trüben zu fischen, immer die Meeresstille abwarten.

Ich bin schon dreimal den falschen Weg gegangen, und auch der vierte bringt mich um keinen Schritt weiter, bleibe ich aber an Ort und Stelle, komme ich auch nicht vom Fleck.

❍ ❍ ❍ ❍ ❍ ❍ ❍

Der Bach hat es nicht leicht, sich zwischen den Flüssen den eigenen Weg zu bahnen, auch wenn es da und dort einem Tropfen gelingt, nach Wolkenkuckucksheim zu verduften.

Wie schwer ist es für eine Rakete, im Weltraum, wo alle Gestirne sie bemuttern wollen, ihre Unabhängigkeit zu bewahren.

Der nächste Stern ist immer eine Sonne.

❍ ❍ ❍ ❍ ❍ ❍ ❍

Ich habe vergessen, daß du in einem Lager verreckst – ich lache, denn wenn ich nicht lachen kann, gehe ich ein, und ich vergesse, daß du in einem Lager verreckst.

Im Kittchen strolchten meine Gedanken durch aller Herren Länder, unzufrieden, daß ich mir so wenig Bewegung verschaffte und nicht nachkam, wenn sie mich, aus Asien oder Amerika, wie ein Bursche seine Geliebte, hartnäckig herunterpfiffen.

❍❍❍❍❍❍❍

Ich sehe mich im Meeresspiegel. Auf einmal frißt mich ein Hai.

❍❍❍❍❍❍❍

## V - Nächsten- und noch nähere Liebe

Je tiefer man sich im Wald verirrt, um so inniger liebt man seinen Nächsten.

Ein Elefant, der etwas zu beißen hat, sieht nicht weiter als die Nase reicht.

Die Gladiatoren waren nicht alle gegen die Zirkusspiele! Viele hätten an ihnen mit Freuden teilgenommen, wäre nur stets an ihrer Stelle einer der Leidensgenossen zum Kampf angetreten.

Der Traum seines Lebens, an einer Hinrichtung teilnehmen zu dürfen, ging kurz vor seinem Tod in Erfüllung. Da freute es ihn aber nicht mehr so recht, denn es war ihm nie in den Sinn gekommen, er selbst könnte eines Tages dabei der Mittelpunkt aller Fürsorge sein.

„Jeder ist sich selbst der Nächste" wird oft mit Nächstenliebe verwechselt.

Heißt Nächstenliebe Übernächstenhaß?

❍❍❍❍❍❍❍

Man sah den Blinden an, als hätte er sich nur aus Geschmacklosigkeit die Glasaugen einsetzen lassen.

Zwischen Alter und Tod spuken noch eine Weile Gespenster herum.

Alte Leute fühlen sich oft schon lange vor dem Tod von den Blicken ihrer Umwelt wie von Würmern durchbohrt.

Als Adam und Eva gestorben waren und nur noch Kain und Abel am Leben blieben, da waren schon zum erstenmal alle Menschen Brüder.

Kein Wunder, so eine Familie, bei so einem Ahnen – wir stammen alle von Kain ab.

In der Wüste ging ihnen das Wasser zur Neige. Da stieg ihnen das wenige, das sie noch zu sich nahmen, in den Kopf und verdunstete zu Dämonen, die einander in die Haare fuhren, bis einer den anderen zu Boden riß und Roß und Reiter zerstampfte.

❍ ❍ ❍ ❍ ❍ ❍ ❍

Wie gut, daß der Mensch dem Menschen ein Wolf ist – da braucht er sich keine Gedanken zu machen, wenn auch er dem Menschen ein Wolf ist.

Da der Einbrecher nun schon einmal da ist, frage ich ihn, ob er mir nicht helfen könnte, die Schublade aufzubringen, aus der ich dann den Revolver nehme und ihn erschieße.

❍ ❍ ❍ ❍ ❍ ❍ ❍

Als der Fluß das Land überschwemmte, hatte der Fisch einen viel weiteren Horizont. Bald trübte auch das Wasser nicht mehr seinen Blick und er sonnte sich auf dem Strand.

Endlich hat der Fisch den Wurm seines Lebens gefunden. Die Geschichte hat aber einen Haken...

Ein Wurm mit einem sehr langen Schwanz, dessen Ende sich über dem Wasserspiegel Luft machte... Der Fisch biß hinein, und nun konnte auch er sich über dem Wasserspiegel Luft machen.

Ein Fisch, der immer höher hinauswill, muß sich oft einer Angel anvertrauen.

Viele Fische finden im Wasser an einem Fischerboot ihren einzigen Halt.

Ein Fisch, der jedem Schiff nachschwimmt, wird manchmal zum Lohn für seine Treue in einem Brautschleier zu einem Gott emporgezogen.

Und wenn der Himmel auch nur Luft ist, so ist doch der aus dem Wasser gezogene Fisch noch nicht im Himmel.

❍ ❍ ❍ ❍ ❍ ❍ ❍

Sie versuchten mit den Wölfen zu heulen – das ergab ein unausgesetztes Geblök, bei dem es kaum auffiel, wenn eine Stimme, wie ein vom Strickzeug gelöster Faden, ausfiel.

Nach und nach hatten sie das Gefühl, nicht mit den Wölfen zu heulen, sondern mit den Schafen zu blöken.

Man fühlt sich frei wie ein Vogel und auf einmal vogelfrei...

Ein geübter Wolf kann Schafe fressen, ohne ihnen ein Haar zu krümmen.

Der Falke liebt die Taube, und auch die Taube geht ganz im Falken auf, wenn er sie erst in Stücke zerlegt.

Wie tief er den Hunger seines Bandwurms mitempfand!

„Liebet eure Feinde!" – Niemand hat sich diesen Spruch so sehr zu Herzen genommen wie das Schaf. Mütterlich kaut es dem Wolf, der kein Gemüse mag, das Gras vor, macht daraus ein zartes Fleischgericht und trägt es dem Feind in eigener Person, als letztes Abendmahl, auf.

Als dem Nacken des Schafs die Purpurkrone aufgeprägt wurde, fühlte es in sich die Kraft des Wolfs, die auch bald in den Unhold übergehen würde, der wie der himmlische Vater ihm zu Häupten schwebte, denn es wußte – ohne das eben dargebrachte Opfer, und wenn der Behelfspriester binnen kurzem auch keine andere Beute fand, würde er schwach werden, der Schaumschläger, schwächer als ein Schaf, und elend verhungern.

Der Wolf wird mit dem zarten Lamm mehr als mit der eigenen Gattin zu einem Fleisch.

Der Löwe hat nur die Kraft eines Hasen, wenn ihm nichts anderes im Magen steckt.

Wir können schwarzen Sparringpartnern zwar keine blonden Haare, aber blaue Augen zusichern!

❍ ❍ ❍ ❍ ❍ ❍ ❍

Die Wiesen hatten den Wolf immer als einen Verbündeten betrachtet und waren sehr enttäuscht, als er nach dem Tod des Hirten nicht alle Schafe auf einmal fraß.

❍ ❍ ❍ ❍ ❍ ❍ ❍

Hätte das Schaf kein Fleisch gehabt, es hätte zwar nicht laufen, der Wolf es aber auch nicht fressen und nur die Hunde seine Knochen knabbern können.

❍ ❍ ❍ ❍ ❍ ❍ ❍

Wo ein Weg ist, da ist auch ein Wille!

Eine Rede ist oft dann erst klug, wenn sie so dumm ist wie die Zuhörer.

Aus seinen Reden flogen den Zuhörern gebratene Tauben in die Ohren.

Einem Trinker immer nur klaren Wein einschenken...

Wir haben zwar keinen Grund, eingebildet zu sein, aber sehr viel Einbildungskraft.

Wir würden nicht so großtun, wenn wir nicht Größe im Größenwahn fänden.

Die Großbuchstaben demonstrieren auf den Straßen. Man will sie durch Kleinbuchstaben ersetzen. Aber dann gibt es ja auch keine Hauptwörter mehr!

Da ihnen das Theaterstück gefiel, forderten sie, daß der Hauptdarsteller nicht nur auf der Bühne, sondern im ganzen Land als König anerkannt werde.

Das Stück war ein sensationeller Erfolg. Die aus dem Theater strömende Zuschauermenge bildete sich, wie ein Faden aus wirren Fasern, zu einem endlosen Demonstrationszug, der kreuz und quer durch die Stadt marschierte und in immer neu aufgenommenen Sprechchören, die auch in den abgelegensten Vierteln Scheiben und Menschen erzittern ließen, forderten, daß der Hauptdarsteller nicht nur auf der Bühne, sondern im ganzen Land als König anerkannt werde.

Die Massenkundgebung. – Schwerlich hätte man auf den Sportplatz eine größere Menge hineinpferchen können. Nur die Köpfe schwebten auf den Hälsen frei in der Luft, stießen aber, wenn sie ihrer Zustimmung nicht nur durch ohrenbetäubendes Geschrei, sondern auch durch eifriges Nicken Ausdruck gaben, wie Glockenschwengel aneinander, bis ihnen Beulendiademe eine Stütze gewährten und sie auch aufrecht hielten, als sie auf dem Höhepunkt der Begeisterung so tief Atem holen mußten, daß die zu sehr erweiterten Gerippe mit großem Getöse zusammenbrachen.

Sie beteten ein Standbild an – es zeigte seine Macht schon dadurch, daß es all ihrem Flehen zum Trotz aus Stein blieb.

Sie sahen ihre Feinde, wohl zu Recht, als minderwertige Geschöpfe an. „Ihr könnt uns...", riefen sie ihnen zu, und, stolz auf diesen altbewährten Witz, ließen sie lachend die Hose hinunter. Bald aber mußten sie einsehen – was da in ihre Eingeweide drang, war nicht eine Zunge...

Laufen die einen zum Proletariat, so laufen die anderen zum Kommissariat.

Der Hl. Antonius muß sich kurz fassen – die Fische drängen sich auch deshalb so nahe heran, weil sie durch Hechte zusammengetrommelt werden, die nicht zuhören, sondern zuschnappen.

Messerscharf stechen vertrocknete Disteln.

Auch Hunde, die bellen, beißen.

Wenn es dir nicht gelingt, ein Auge zuzudrücken, die Polizei ist dazu da, die drückt dir, wenn es Zeit ist, auch beide Augen zu.

Wir haben sie zwar in Ketten gelegt, aber auch dafür gesorgt, daß jedes Kettenglied in seiner Mitte viel freien Raum hat.

Er konnte in den Ketten zwar die Glieder nicht rühren, in den Augen aber glitten die Pupillen frei von Ufer zu Ufer.

Ich fühle jetzt keinen Gestank mehr – sie haben mir Mund und Nase so gut verstopft, daß mir auch Hören und Sehen vergeht!

Heute haben nur noch die Wände ein feines Gehör.

Man fesselte ihnen die Hände. Sie schrien. Man befreite ihnen die Hände und legte die Ketten um die Beine. Sie schrien noch immer. Man befreite ihnen die Beine und legte die Ketten um den Hals, so fest, daß man auch den Kopf vom Rumpf und sich von ihrem Geschrei befreite.

Wenn man ihnen den kleinen Finger befreit, fordern sie gleich die ganze Hand...

Und gibst du ihnen ihr tägliches Brot, so fordern sie gleich ihre tägliche Butter...

Manche glauben nur an Kuren, die auch Blutbäder vorsehen.

Ein Blutbad macht eine Wahrheit oft unwiderlegbar.

Warum sollten wir für die vielen armen Schlucker, die, wenn auch nichts, so doch einen Menschen abmurksen können, nicht auch eine Verwendung finden?

Du sollst nicht töten, solange du nicht sicher bist, nicht selbst getötet zu werden.

Aller Anfang ist schwer – der erste Tabak wie der erste Mord.

Manchen sind die Mittel so heilig, daß sie gar nicht erst einen Zweck brauchen.

Erst hinterher begreift die Katze, warum sie dem Luftzug nachgesprungen ist – sie hat einem Geist zu einem Leib verholfen, die Pfote war ihr Zauberstab und ruht nun segnend auf dem Haupt der Maus. – Die Katze frißt, was der Katze ist, sie hat gegeben, sie hat genommen, der Geist ist wieder frei.

„Der Geist ist frei!" rief der Gefolterte und gab auch unverzüglich den Geist auf.

Wir sind keine Menschenfresser! Wir töten Menschen, auch massenweise, wir foltern sie, aber wir fressen sie nicht!

Wie schnell die Zeit alle Wunden heilt, auch die der gräßlichsten Völkermorde, im Andenken der Nichtbetroffenen.

Viele Deutsche würden es wohl nicht begrüßen, wenn Ezechiels Prophezeiung sich zum zweitenmal bewahrheitete, die Knochen in den Gaskammern sich von neuem zusammentäten und ein gespenstisches Israel sich an seinen Mördern rächte.

Es fällt einem alten Wolf nicht schwer, mit den Unschuldslämmern zu blöken.

Es gelang ihm, dem Wolf, der ihn am Kragen packte, klarzumachen, daß der Mensch dem Menschen ein Wolf ist und daß Wölfe einander nicht fressen.

Haben die *Väter* die Sünden begangen, so dürfen die Söhne ohne Scheu die Früchte genießen...

Wo sind die gesegneten Zeiten, in denen man auf dem Scheiterhaufen die Ketzer wenigstens zu läutern versuchte...

Das Fruchtbare ist nicht immer wahr – auch Unkraut verdirbt nicht.

Der Ungeist weht, wohin er will.

❍ ❍ ❍ ❍ ❍ ❍ ❍

Das Land und sein herzkranker Präsident konnten es sich nicht leisten, so lange zu warten, bis da jemand zufällig den Geist aufgab – er ließ einer jungen Frau das Herz ausreißen und es an Stelle des eigenen einsetzen. Nachts raunt die junge Frau ihm zu: „Mein Herz schlägt nur für dich!"

❍ ❍ ❍ ❍ ❍ ❍ ❍

Rotkäppchen will nicht die Brille tragen, die es ihm erlauben soll, Großmütter und Wölfe auseinanderzuhalten.

Hundchen freut sich mit seinem Knochen oft mehr als Herrchen mit seinem Fleisch.

Er liebt keine Menschen. Er liebt nur Hunde. Ihr einziger Fehler – sie lieben nur Menschen.

Der Harnisch schützt den Floh vor dem Ritter.

Die Maus braucht nichts vom Käse abzugeben – vor ihren Gespielinnen schützt sie das Gitter der Falle.

Im Sommer kann es der Staub vor Hitze manchmal gar nicht mehr aushalten. Da springt er zu beiden Seiten des Wegs, ein Affenrudel, auf die Bäume und krallt sich auf ihnen so lange fest, bis in seiner stahlgrauen Uniform der Regenordnungsdienst aufmarschiert und in geschlossenen Reihen ihn erneut dazu zwingt, auf Erden richtungweisend zu sein.

❍ ❍ ❍ ❍ ❍ ❍ ❍

Nicht zu ertragen, so ein Horrorfilm – sie springt auf, macht den Fernseher aus und das Licht an. In einer Ecke steht ein Mann und hat einen Revolver in der Hand, der sich bei ihrem Anblick – ein elfter

Finger – hebt. Da macht sie schnell das Licht wieder aus und den Fernseher an.

❍ ❍ ❍ ❍ ❍ ❍ ❍

## VI - Der letzte Schrei – der vorläufige und der endgültige

Das bis an die Zähne bewaffnete Volk hat nichts als die Waffen zu beißen...

Nur keine Fahnenflucht – er kämpfte lieber mit dem Tod als mit dem Gefreiten. Hatt' er Glück, konnt' er dem Tod entkommen – ihm, dem Gefreiten, nicht!

Einem Soldaten wird manchmal so lange Mut zugesprochen, bis er schon um des lieben Friedens willen tapfer sein muß.

Einen guten Sklaven kann sein Herr sogar zu Heldentaten anspornen.

Manche ziehen den Schwanz so ein, daß sie ihn sich gleich als Schulterriemen umwerfen können.

Tauben und Katzen schrecken manchmal nicht davor zurück, Adler und Löwen im Schilde zu führen.

❍ ❍ ❍ ❍ ❍ ❍ ❍

Die beste Kanzel ist so ein Bomber – da braucht man nicht erst lange Worte zu machen...

Wie gerührt war der himmlische Sämann, als er zu seinen Füßen den gelben Flaum der Küken erkannte, die aus den Bomben krochen und sich über die Stadt hermachten.

Die Stadt wurde von Christen bombardiert – sie nehmen, wie jeder weiß, das Leben in Schutz – und zwar so gründlich, daß die ersten Stockwerke die letzten waren, die letzten aber die ersten.

Er war für die Aufhebung aller Grenzen! Zwar erweiterten sich anfangs die seines Landes, als er aber die erste Halbkugel sein eigen nannte, schrumpften die der anderen immer mehr zusammen, bis sie sich zu einem Tautropfen verdichteten und verdunsteten.

Soldaten, die bei einer Offensive tödlich getroffen werden, sind oft noch imstande, mehrere Schritte weiterzulaufen. Ein Sonderausschuß des Kriegsministeriums versucht nun zu ermitteln, ob es nicht möglich wäre, diese Entfernung etwas zu verlängern und es den Toten zu erlauben, noch ein paar Schüsse abzufeuern.

Nur wer sich wandelt, ist mit mir verwandt.
Nietzsche

Eines unbekannten Soldaten Nachtgesang auf dem Schlachtfeld: Nur wer sich windet, ist mit mir verwundet.

Es ist für einen Feldherrn kein gutes Gefühl, sich vom feindlichen Feldherrn verstanden zu wissen.

Das Heck erwies sich als meisterhafter Gewichtheber und stemmte den Bug vollkommen senkrecht in die Luft. Da nahm der Bug es zwischen die Schenkel und ritt mit ihm auf dem kürzesten Wege, wie eine Hexe auf ihrem Besen, in den Abgrund.

Es blieb dem General nur eine Hoffnung, die prompte Auferstehung der Toten – da würden seine Soldaten, als wären sie nur in Deckung gegangen, sich aufraffen, ihre Gewehre ergreifen und dem Feind nachsetzen.

Als das Erdbeben ausbrach, wollte die Saaldecke, während alles zur Tür drängte, nicht mutterseelenallein oben bleiben, sie stürzte ihnen nach, und schießlich staken alle unter einer Decke.

Als der fiebernde Henker sich den Schlips umband, fühlte er sich plötzlich unter den Galgen versetzt, der Schemel entzog sich seinen Füßen, schnellstens suchte er einen Halt und zerrte so heftig an der Schlinge, daß er dem Schemel ins Leere nacheilte.

Dem armen Wolf blieb hinter dem Gitter nur noch der Ausweg nach oben.

Einem vertriebenen Diktator bleibt oft als einziges Andenken an sein Vaterland die Staatskasse auf einem Schweizer Konto.

Die Laus ist vom Tode ihres Herren sehr mitbetroffen.

Das Schaf kam, sah und wußte wie der Feldherr kurz zuvor, was auf dem Schlachtfeld zu tun war. Da lagen viele Männer kreuz und quer, die aber keine Hirten waren und sich nicht rühren würden, wenn es die noch aufrecht stehenden Halme um einen Kopf verkürzte.

❍ ❍ ❍ ❍ ❍ ❍ ❍

Ein Ungeheuer stieg aus den Fluten, das sich aber nach einiger Zeit als spanische Armee entpuppte.

❍ ❍ ❍ ❍ ❍ ❍ ❍

Es gehört zu den schlimmsten Vertracktheiten des gordischen Knotens, daß er, wenn man ihn durchhaut, alles nur noch verwickelter macht.

❍ ❍ ❍ ❍ ❍ ❍ ❍

Elektrone – niedliche, kleine Tigerirrwische – kreisen schon seit undenklichen Zeiten unaufhörlich in ihrem Käfig und niemand will ihnen die Tür aufmachen...

Ein feste Burg ist unser Atom.

Der Schlüssel zu den Atomen steckt schon im Schloß, und haben wir Glück, so springen die Türen gleich milliardenweise auf.

Atome, die aus ihrem Gefängnis ausreißen, versuchen, alle ihre Kameraden zur Flucht zu verleiten. Bislang widerstand die schweigende Mehrheit.

Die Konkurrenz zwingt heute jeden Spielzeugfabrikanten, seinen Knallerbsen auch etwas Spaltmaterial beizumengen.

Die kleine Fliege kam nicht einmal herab, ihre Eier zu legen – sie ließ sie einfach hinunterfallen, und es stellte sich heraus, daß es Eier mit Pilzen waren.

Ein Leviathan wird aus dem Meer gezogen und in hohem Bogen in einen Kessel geschleudert, den er sich selbst in einer Stadt ausscharrt, die nun wie ein Vogelschwarm auffliegt.

Eine Bombe platzte auf dem Meeresgrund. Da flog das Meer als Friedenstaube auf, und als es sich wieder niederließ, war Friede auf Erden.

Vielleicht werden wir schon zu Beginn des nächsten Weltkriegs nicht nur Christi, und nicht nur Mariä, sondern der ganzen Erde Himmelfahrt feiern!

Vielleicht wird die Bombe eines Tages die Erde wie ein Rattenfänger in Reih und Glied in den Himmel führen.

Als die Bombe segnend ihre Hände über die Stadt ausbreitete, erwachten vom Knall auch die Toten und wurden – offenbar zum Jüngsten Gericht – in den Himmel geschleudert, hatten dabei aber jede erdenkliche Mühe, alle ihre Glieder beieinanderzuhalten.

Warum wollen so viele immer noch den eigenen Tod sterben und nicht warten, bis uns der nächste Krieg ein gemeinsames Ende bereitet?

Vielleicht werden nach dem nächsten Weltkrieg wieder einmal alle unsere kühnsten Träume in Erfüllung gehen und alle Menschen gleich sein. Aber nur die toten. Unter den lebenden wird die Ungleichheit augenfälliger sein denn je.

Vielleicht werden manche schon bald sich sagen: „In den Vernichtungslagern, da hatte man es gar nicht so schlecht... Da mußte man wenigstens nicht so lang auf den Tod warten..."

Unsere Kinder müssen jede neue Mode mitmachen... In unserem Bunker haben wir als einzige überlebt. Nun wollen sie auch wie alle ihre Kameraden tot sein...

Der Geist weht zwar, wohin er will, aber schließlich blieb ihm nichts anderes übrig, als im Mann mit dem kleinen Koffer, der den Atomkrieg entfacht und ihn als einziger überlebt hatte, Asyl zu suchen.

Wie lang wird sich noch das Rad der Geschichte wie ein Affe mit dem Erdball um dessen Achse drehen?

Jede Sintflut muß einmal aus Wassermangel ein Ende nehmen.

Vielleicht steigt eines Tages nicht mehr, von der Sänfte der Feuersintflut getragen, ein Noah als Retter der Menschheit ab.

Das Leben ist nicht unsterblich.

Bald werden nur noch die Himmel des Ewigen Ehre rühmen.

Die Überkuh ist tot, aber die Milchstraße lebt.

Im Meer bleibt auch der größte Fluß nicht lange richtungweisend.

❍ ❍ ❍ ❍ ❍ ❍ ❍

Ich glaube noch immer an den Fortschritt der Zeit.

Wenn einer tot ist, hat er keine Zeit mehr zu verlieren.

❍ ❍ ❍ ❍ ❍ ❍ ❍

Verbrannte Erde, heute – vor dem Feind Reaktoren entsichern.

❍ ❍ ❍ ❍ ❍ ❍ ❍

Eine Atombombe hat nicht einmal die Kraft, alle Physiker zu bewegen, sich im Grab umzudrehen.

❍ ❍ ❍ ❍ ❍ ❍ ❍

Die Wölfe sterben aus – unter ihnen wohl auch die Abart, die dem Menschen ein Wolf ist.

Wir brauchen heute gar nicht mehr nach Spanien zu fahren, um einem einmaligen Stierkampf beiwohnen zu dürfen. Als Pikadore treten Kernkraftwerke auf und stecken uns ihre feinen Lanzen beharrlich in den Leib. Wir sind aber viel wackerer als Stiere und halten uns oft noch jahrelang schlecht und recht auf den Beinen.

Es sind nicht als Ritter verkleidete Dämonen, die sich in allen Ländern der Welt zum Turnier rüsten, in dem sie nicht mit gezückten Schwertern, sondern mit gezückten Strahlen aufeinander losziehen.

Kernkraftwerke – Musterbeispiele selbstlosen Wirkens – behalten nicht alles, was sie erzeugen, für sich allein, sondern geben davon auch – unentgeltlich – der nahen und fernen Umwelt etwas ab.

Aura eines Kernkraftwerks – Glanz uralter Adelsgeschlechter, spürbar insbesondere dann, wenn alle Knochen ausgehöhlt sind.

Die neuesten Traktoren sind so kräftig, daß sie schon durch ihr bloßes Beben die Äcker pflügen und die Natur erweitern, indem sie Dörfer und Städte zum Kniefall zwingen.

Die Fischer sind jetzt drauf und dran, ein riesiges Netz auf dem Grund aller Gewässer auszulegen, um dann mit einem einzigen Ruck alle Fische der Welt aus der Taufe zu heben.

Wir haben den Tod nicht nur gezwungen, die Sense aufzugeben – er muß, um mit der Zeit Schritt zu halten, Jahr für Jahr seine Mähmaschine gegen ein neues Modell eintauschen.

Schweiz – Gelobtes Land, wo Berge und Banken um die Wette in die Höhe schießen, und in den Bergen Milch, und in den Banken Honig fließt – in die Räuberhöhlen der Tresore, wo er zu Goldbarren gerinnt.

„Ich glaube an die ewige Wiederkehr der Zeiger auf einer Schweizer Uhr."

Ich will mich von heute an einzig und allein auf das Ticken meiner Armbanduhr konzentrieren, bis mir die Zeit so lang wird, daß ich den Tod nicht fürchte, sondern sehnlichst herbeiwünsche.

Wenn man heute seiner Zeit voraus sein will, braucht man sich bloß umzubringen.

Man kann manchmal seiner Zeit voraus sein, indem man ihr den Rücken kehrt.

Der Wolf ist dem Wolf ein Mensch.

Der arme Diskuswerfer wird nie erfahren, um wieviel er den Weltrekord verbessert hat, wenn die Scheibe am Himmel bleibt und als Mond die Erde umkreist.

❍ ❍ ❍ ❍ ❍ ❍ ❍

Ich glaube nur an das, was ich sehe. Ein Zug kommt dem meinen entgegen. Ich sehe in ihm nur Licht. Also haben die Hackmesser der Zwischenräume die Reisenden zu so dünnem Brei zermahlen, daß nicht einmal eine Spur von Blut das Gelb des Kometen besudelt.

Wir haben keinen Hunger mehr und fletschen nicht mehr die Zähne. Unsere Lippen werden weich, und auf einmal kommt uns die Lust an, einander zu küssen.

Unsere Küchen sind übereinander, unsere Wohnzimmer sind übereinander, unsere Schlafzimmer sind übereinander, und wenn der Nachbar die Nachbarin nimmt, schwebe ich über ihnen wie Gott der Herr und segne ihre Liebe.

❍ ❍ ❍ ❍ ❍ ❍ ❍

Die Jungfrau ist mir im Traum erschienen. Ich bin erwacht, und da steht sie vor mir, vielleicht etwas fern, sogar hinter der Wand, aber unzweifelhaft wie sie leibt und lebt, von ihrem Heiligenschein umrahmt, der sich wie ein Rauchring im Luftzug, obwohl kein Wind, vielleicht nur der Geist weht, etwas in die Breite zieht. Milde blickt sie auf mich hernieder und spricht mit ihrer warmen Stimme: „Das Abendprogramm ist hiermit zu Ende."

Heute begegnen sich nicht nur die Blicke der Liebenden, sondern aller Blicke auf dem Bildschirm.

Vor Gott und dem Fernsehen sind alle Menschen gleich.

Wozu noch strebend sich bemühen? Die Wahrheit wird uns vom Himmel hoch über die Fernsehantenne ins Haus geliefert.

Wir sehen so fern, daß wir gar nicht merken, wie man uns an der Nase herumführt.

Fernsehen macht kurzsichtig.

Die Bilder des Fernsehens stürzen sich wie Falken auf die Bilder der Phantasie und machen ihnen den Garaus.

Es wird uns auch ein saurer Regen aus der Brause des Bildschirms in die Augen gefegt.

Im Anfang war vielleicht das Wort, am Ende der wie gefallene Engel sich überstürzende Wortschwall.

Die spindeldürre Schlange mit dem gespaltenen Schwanz, die es oft stundenlang mit der Mauer treibt, wodurch das Auge – das einzige, was sie, kaulquappenhaft, außer dem langen Ende noch hat – so leuchtende Farben annimmt, daß wir wie Vögel gebannt vor ihr dasitzen.

Wo ist der Held, der uns von ihm befreit, dem Drachen mit den zahllosen Köpfen, der Tag und Nacht ganze Länder verschlingt, dem Fernsehdrachen?

Völker aller Länder, vereinigt euch um den Bildschirm!

❍ ❍ ❍ ❍ ❍ ❍ ❍

Eines Tages wird die Erde mit Sang und Klang in Richtung der sich wie eine Seuche verbreitenden Schallplatten mitgerissen werden.

Es ist mir gelungen, meine Ziege so abzurichten, daß sie in Halbtönen vier Oktaven auf- und niedermeckern kann. Sie ist gestern abend zum erstenmal mit aufsehenerregendem Erfolg in der Oper aufgetreten.

Ich will nur dann in den Himmel kommen, wenn der Herr mir dafür bürgt, daß die Engel nicht als Opernsänger ausgebildet wurden.

Odysseus ließ sich an einen Mast binden. Er hoffte, so den Sirenen entrinnen zu können. Die Sirenen aber sangen Opern. Dies war denn auch für einen Odysseus zu viel. In seiner Not schrie er den Schiffern zu, schneller zu rudern. Die Schiffer aber hatten verstopfte Ohren. Sie hörten ihn nicht, sie sahen ihn auch nicht – hatte er ihnen nicht selbst eingeschärft, in keiner Weise seiner zu achten? Als sie endlich ihren ermatteten Herrn von den Fesseln befreiten, ihn in ihren Armen auffingen und sich den Wachs aus den Ohren nahmen, fielen sie selbst dem hehren Gesang, der angesichts der Beleibtheit der Schönen nicht nur deren Insel, sondern weite Gebiete ringsum verheerte und mit seinem Tremolo turmhohe Wellen schlug, wie Raubtieren zum Opfer.

Kein gutes Konzert, aber sehr kurz – das Publikum will sich nicht umsonst herbemüht haben, und, um noch etwas zu hören, applaudiert es so stürmisch, daß der Virtuose Dutzende Male wie aus einer Kuckucksuhr hervorgeschossen kommt und einen sensationellen Erfolg verbuchen kann.

Gesellschaftsreise. – Der Busfahrer hat den Kassettenrekorder ununterbrochen angestellt – vom äußersten Norden Griechenlands, bis zum südlichsten Zipfel des Peloponnes sind alle Straßen mit Theodorakis' Liedern geteert.

Er war ein Mensch, der ohne Musik nicht leben und nicht sterben konnte. Auch jetzt, da er längst schon tot ist, hört man noch manchmal nachts, wenn der Wind sich legt, vom Friedhof her die Klänge des Transistorradios, das man mit ihm ins Grab gelegt hat.

Die Traummuster, die uns feilgeboten werden – zum Schlafen...

❍❍❍❍❍❍❍

Wie traulich das Feuer im Ofen prasselt und auf der Straße die Luft verpestet...

Und wenn der Himmel auch nur Luft ist, so fühle ich doch beim besten Willen, muß ich sie in der Stadt einatmen, in meiner Nase nicht Gottes Finger.

Die Luft wird jetzt dadurch gereinigt, daß wir sie einatmen und die schädlichen Stoffe mit unserem Körper chemische Verbindungen eingehen.

Vielleicht wird es bald nicht mehr so viele Taucher geben, die es oft jahrzehntelang in der Luft aushalten.

Wenn ich über die Straße gehe, fühle ich mich wie die Gehilfin eines Messerwerfers. Unablässig werden Autos nach mir geschleudert – sie sausen haarscharf an meinem Körper vorbei, wenn sie auch meist das Brett verfehlen, dessen Maserung die Baumreihe bildet.

Die Fußgänger sterben aus. Um die letzten zu bewegen, sich ein Auto zu kaufen, werden die Gehsteige abgeschafft und verstockte Zweifüßer auf den Fahrbahnen herumgehetzt und niedergefahren.

Der Tod kommt heute nicht immer mit der Sense. Er kann uns auch mit einem Auto niedermähen.

Diese Gebirgsluft – ein Genuß... Es ist, als wären die Lungen Euter, an denen als Stallknecht der Körper sitzt und die entlegensten Organe mit frisch gemolkenem Äther tränkt.

Am Wochenende verlieren die Städte Tropfen für Tropfen das zähe Autoblut, das glücklicherweise aber schon ganz in der Nähe gerinnt.

In dieser Stadt hält nichts den braven Mann, denn an allen Ecken und Enden steht „Halteverbot!"

Die Erde ist keineswegs geschlechtslos. Bohrtürme werden in sie eingepflanzt, aus denen als Samen so lange Erdöl spritzt, bis sie vor Hinfälligkeit nicht weiterkönnen und auch ihre Kinder, die Autos, unversorgt ihre Kräfte einbüßen.

Kein Staatsmann hat heute die Stirn zu sagen: „Nach mir die Sintflut des Erdöls!"

Jeder hatte seinen Garten – die Gärten wurden auch immer größer, verwandelten sich in Parkanlagen, und schließlich konnte man nur noch mit einem Auto von einem Menschen zum anderen gelangen.

Amerika hat im Benzin ungeheure Kräfte geschöpft und sie zum guten Teil dazu verwandt, seine Häuser, wie Simson die Säulen im Tempel der Philister, so weit auseinanderzuschieben, daß man fast nur noch mit einem Auto von einem zum anderen gelangen kann und das ganze Gebäude einstürzt, wenn das Benzin ausgeht.

Der Teufel muß mit den Ölscheichs im Bunde stehen, denn woher soll er sonst Brennstoff für seine Hölle hernehmen?

Frauen werden nur dann Kinder in die Welt setzen dürfen, wenn sie ihnen den fürs Leben nötigen Benzinvorrat im Mutterkuchen mitgeben können.

Wie schön wäre es, wenn sich die Auspuffgase am Himmel zu Wolken verdichteten und als Erdölregen herniederfielen!

Ölpest – nach und nach wird über die Meere ein schwarzes Leichentuch ausgelegt.

Heute muß auch der Teufel den Weg zur Hölle mit guten Vorsätzen *asphaltieren*.

Nach der Sintflut war die Höllenpein den Menschen besonders schwer zu ertragen, wenn sie bedachten, der Herr hätte durchaus das nun auf Erden unnütze Wasser den Weg, den sie gekommen waren, herableiten und das Höllenfeuer, wenn auch nicht ganz löschen, so doch auf *zimmerwarm* einstellen können.

Wenn man bedenkt, daß die guten Christen mitten im Winter in ihrer Kirche frieren müssen, während sich auch die schlimmsten Sünder am Höllenfeuer wärmen dürfen...

Noahs Brüder waren kaum in der Hölle angekommen, da sehnten sie sich schon zurück nach den Wassern der Sintflut.

Die seltsamen Wesen, die sich bei den Griechen zur Zeit so schnell vermehren, sind keine Zyklopen. Sie haben zwei Augen – man sieht es sofort, wenn sie die Kamera abnehmen.

Athen sieht aus der Ferne etwas verwahrlost aus, es hat sich aber den Parthenon als Kamm ins Haar gesteckt.

Nur immer geradeaus vor sich hinrasen – da die Erde rund ist, kommt man unfehlbar auf seinen Ausgangspunkt zurück und findet sich.

Man kann in seinen Siebenmeilenstiefeln nicht wie besessen kreuz und quer um die ganze Erde laufen und einen Wegweiser finden.

Wir haben so lange Auto gespielt... Auch das Fernsehen zieht uns nicht mehr... Uns bleibt zum Zeitvertreib nur noch die Pflege der Seele...

Das Dasein – oft eine Form des Nichtseins.

Der Mensch ist heute vom Menschen namentlich durch die Windschutzscheibe getrennt.

Er predigte so beredsam Wasser, daß er schließlich die eigenen Worte wie Teufel austreiben mußte.

❍ ❍ ❍ ❍ ❍ ❍ ❍

Aus heiterem Himmel drang auf einmal ein Regentropfen durch das Gefieder, so tief, daß er zu brennen begann und dann mit dem Leben erlosch.

Auch Tierliebe geht oft durch den Magen.

Wir lieben die Tiere – was uns mit ihnen so innig verbindet, ist oft ein Geschoß.

Die Austern haben ihren eigenen Rummelplatz. Kaum kommt eine an, wird sie auf die Zungenrutschbahn gesetzt – als Eintritt muß sie ihren Geschmack hergeben – und mit einem Stubs in den Magen befördert, wo sie gar nicht erst auszusteigen braucht, denn hier beginnt die Geisterbahn, in der ihr als gespenstische Hände Verdauungssäfte über den Leib fahren.

Als Brecht seinen Tischgenossen die Geschichte von den Haien erzählte, die kleine Fische nur deshalb umhegen, um sie zu gelegenerer Zeit verschlingen zu können, lag eine Forelle auf seinem Teller, von welcher nur noch die Gräten zu sehen waren.

Ich bin ein furchtbarer Gott. Täglich werden mir Opfer dargebracht, die zu den drei Mahlzeiten auf meinem Teller erscheinen.

Das innere Feuer wird auch mit Lebewesen gespeist.

Ich habe mich eines Kätzchens angenommen und dadurch Gott weiß wieviele Vögel zum Tode verurteilt (von Mäusen und Ratten ganz zu schweigen).

„Du sollst nicht töten!" – Keiner hat sich diesen Spruch so sehr zu Herzen genommen wie der Floh – ihm ward zum Lohn dafür schon hienieden der Himmel zuteil, ein weißer Himmel mit roten Sternen.

Wenn sich vom Himmel hoch der heilige Floh mit seiner Wünschelrute auf einen von uns armen Sündern niederläßt, entspringt auf einem kleinen Hügel ein Blutquell.

Eben erinnert mich ein Floh an unser beider Dasein. Wie gern würde ich mit ihm die Rollen tauschen! Dann würde es ihn jucken und nicht mich, und mich keineswegs hindern, leichten Herzens mein täglich Blut zu zapfen – es kostet ja niemand das Leben! Und trifft der tödliche Schlag einst mich, ich würde in Frieden sterben, mir aber, sofern es die Zeit erlaubt, noch selig zuflüstern: „Lieber Unrecht leiden als Unrecht tun!"

Gras fressende Kühe töten es nicht, sondern sorgen für besseren Haarwuchs.

Auf einmal wurde der Himmel aufgespult, und der Seidenspinner befand sich, wenn auch noch nicht im siebenten, so doch schon im zweiten Himmel.

Die Fliege am Fenster, halbtot vor Kälte – man hätte Lust, ihr Puppenkleider anzuziehen.

Er aß so viel, daß auch der Fußboden, wie eine von ihm geschwängerte Frau, einen Bauch bekam.

Er hatte derartige Blähungen, daß er alle paar Augenblicke wie ein Luftballon aufflog und, um es zu vermeiden, aus großer Höhe jäh abzustürzen, langsam, bedächtig, nur mühevoll bremsend, sowie er einen Ausweg fand, einen kometenschweiflangen fahren ließ.

Menschenfett ist auch eine Art Tierfett, und wenn es bei einer Fastenkur wie Butter in der Sonne schmilzt, setzt sich in allen unseren Arterien, wie Unrat in den Kanälen Venedigs, Cholesterin an.

Der Bändiger hatte eine Laus im Haar. Als er es in den Rachen des Löwen steckte, fühlte sie sich so bedrängt, daß sie hineinstach, und der König der Tiere in seiner Not seinem Peiniger den Kopf abbiß.

❍ ❍ ❍ ❍ ❍ ❍ ❍

Einem Pferd wird oft die Freiheit gelassen, vorwärts zu schreiten und den Karren zu ziehen.

Manche Pferde sind so an ihren Wagen gewöhnt, daß sie ohne ihn auch nicht durchbrennen können.

Es steht dem Esel frei, und mag sein Herr auch noch so wütend auf ihn einhauen, am Wegrand einen Grashalm auszurupfen und ihn im Gehen gemächlich zu verzehren.

Demokratien sind Schnellkochtöpfe. Wenn es in ihnen zu sehr kocht, wird eine Schraube gelockert, und kerzengerade, in einem schier endlosen Demonstrationszug, zieht der Dampf, den Küchenchef auspfeifend, einhellig an die Decke, wo er zerstreut wird. Unten dreht der Chef die Schraube wieder fest, und das Essen ist gar.

Wir dürfen sagen, was wir wollen, um nicht zu merken, daß wir nicht tun dürfen, was wir wollen.

Parteien sind Mäuse, die sich frei herumtummeln dürfen, solange die Katze weiß, daß sie ihnen mit einem Sprung wieder auf dem Nacken sitzen kann.

Man sagt uns zwar manchmal die Wahrheit, aber niemals die ganze Wahrheit, und niemals nichts als die Wahrheit, und folglich auch nicht die Wahrheit.

Was hat man von der Freiheit, wenn man sich das Maul nur mit Wahlzetteln stopfen kann, und mögen die auch wie Manna vom Himmel regnen.

Ein Land kann manchmal so frei sein, daß niemand etwas zu essen hat und auch der Magen frei ist.

Im Tauziehen zwischen Sand und Meer darf der feuchte Streifen, um den es geht, nicht nur beider Farbe, sondern auch die von Himmel und Sonne bekennen.

Im Augiasstall der reichen Länder versinkt man in faulendem Futter.

Es ist den Hungerleidern der Dritten Welt noch nicht gegeben, in die Industrieländer zu fahren und eine Revolution zu entfachen.

Diktaturen und „Demokratien" wechseln einander alle paar Jahre in den Ländern der Dritten Welt ab, um in ihren Einwohnern die Hoffnung zu schüren, daß sich an ihrem Elend etwas ändern läßt.

Niemand weiß den Wert der Freiheit so gut wie der Sklavenhändler zu schätzen.

Die Miesmuschel ist nun wieder im Wasser. Langsam wird ihr die Hölle heiß gemacht. Hat sich die untergegangene Sonne unter der Schürze des Meers verkrochen?

Was hat die Miesmuschel davon, wenn sie im Kochtopf nicht die Klappe hält?

Goethe würde heute gewiß nicht in den Ländern der Dritten Welt – und nicht nur dort – die *Leiden des jungen Allerwertesten und seines weiblichen Gegenstücks* schreiben.

Sklaven vergehen, Paläste bestehen.

Es kann einem manchmal schon übel werden von all den vielen notwendigen Übeln.

Wir überleben größtenteils auf Kosten des Lebens.

❍ ❍ ❍ ❍ ❍ ❍ ❍

Eine Fliege kann sehr enttäuscht sein, wenn sie den Fliegenfänger vertrocknet vorfindet.

Ein alter Fliegenfänger ist eine seinen Gefangenen vollkommen frei zur Verfügung gestellte Startbahn.

❍ ❍ ❍ ❍ ❍ ❍ ❍

Es werden so viele Schlingen nach mir ausgeworfen, daß ich manchmal selbst gar nicht weiß, ob ich ein Wickelkind bin oder ein Sträfling.

❍ ❍ ❍ ❍ ❍ ❍ ❍

Wenn wir mit dem Leben nichts anfangen können, schenken wir es oft Kindern.

An sich wollten sie nur ein Kind und hatten das andere nur auf alle Fälle in die Welt gesetzt. Da es aber nun schon einmal da war, liebten sie es wie ihr eigenes Kind.

Wir setzen Kinder in die Welt, damit es nie an Menschen fehlt, die Vergänglichkeit aller Dinge zu beklagen.

Wären wir nur klug genug, es uns wieder anzugewöhnen, auf allen Vieren zu kriechen, wir könnten dreimal billigere Wohnungen bekommen, denn es wäre möglich, dreimal niedrigere Zimmer zu bauen und dreimal mehr Stockwerke aufeinanderzutürmen.

An sich sollte die Zimmerdecke mein Schild sein. Auf sie hat sich aber als König ein Nachbar erhoben und tanzt mir mit seiner Nachkommenschaft Tag und Nacht auf dem Kopf herum.

Ich habe eine Mansarde in einem Hochhaus. Meist fühle ich mich dort allein. Nur selten dringt ein Laut zu mir herauf. Gellt durch die unteren Geschosse dennoch ein Schrei, so ist es, als käme er aus der Unterwelt.

Der Höhlenmensch lebt heute in den Löchern, die er sich in den Straßenschächten ausgescharrt hat, in den Felswänden der Wolkenkratzer – wie Väter über eine Wiege gebeugt, stehen sie, die Köpfe zusammengesteckt, Verschworene, deren Uniformen lange Knopfreihen zieren.

Einem geschenkten Gaul schaut man zuerst ins Maul.

Die Werbung hat das höchste Ziel erreicht, wenn der Kunde des Glaubens ist, das Lied, das aus des Händlers Kehle dringt, ist Lohn, der reichlich lohnet, ihm's Geld gibt und jegliche Ware als irdisches Gut mit Abscheu von sich weist.

Der Mensch hat heute vor allem zu lernen, ein Lächeln wie eine Brille aufzusetzen.

Auf der Straße, am hellichten Tag, wimmelt es von Gespenstern – es ist, als könnte ich durch alle Menschen, die mir entgegenkommen, hindurchsehen. Nur hie und da ist einer aus Fleisch und Blut – ein Freund, ein alter Bekannter, die gute Haut...

Milch und Honig können nur für überflüssige Münder fließen.

Als die Maus in Milch und Honig ertrank, sehnte sie sich zurück nach dem gelobten Land, in dem nur Luft floß, von Sonne getränkt.

Er hatte sein Leben am Kartentisch verbracht. Dort traf ihn auch eines Tages, wie ein von den Gegnern ausgespielter Trumpf, der Schlag.

Das Glück, das in der Kühltruhe ruht, währt auch nicht ewiglich.

Das Ringelspiel des Lebens – kein richtiger Wagen, keine richtigen Pferde, und kaum hat man sich umgesehen, ist die Fahrt zu Ende.

Es war ihr beinahe unheimlich – sie brauchte nur an seinem Duftwasser zu riechen, und schon sah sie ihn, wie einen im Fläschchen gefangenen Geist, von den Toten auferstehen.

Es war Liebe auf den ersten Blick. Er glaubte, in ihren Augen die Augen der Toten zu sehen. Nach und nach wurde es ihm aber unheimlich. Bis er erfuhr, daß es wirklich ihre Augen waren. Man hatte sie einer Blinden eingesetzt.

Sie hatten alle nur Söhne, bis auf die Söhne, die keine Frauen mehr hatten, ihnen Söhne zu gebären.

❍ ❍ ❍ ❍ ❍ ❍ ❍

Ich habe im Gebirge Muscheln gefunden und warte nun in meiner Badehose auf die Flut.

Der Marienkäfer ist schon die ganze Erde auf- und abgegangen. Ehe er auffliegt, möchte er sich noch Schuhe kaufen.

Ich muß gut aufpassen, daß ich mir nicht den Kopf anstoße, denn seit ich das Labyrinth verlassen habe, sehe ich keine Wände mehr.

Wenn die Schnecke ihr Haus verläßt und sieht, daß die Welt nicht spiralenförmig ist, fühlt sie sich wie vor den Kopf gestoßen und zieht die Hörner ein und sich zurück.

Wie ärgerlich es ist, wenn man frühmorgens aufstehen muß und die Seele den ganzen Tag und bis in die Nacht hinein weiterdöst und erst wenn auch der Körper wieder von Schlaf übermannt wird, aufwacht.

Das Meer sucht mit seinem langen Rüssel bettelnd die Küste ab. Von Zeit zu Zeit bekommt es ein Schiff. Es dauert aber oft stundenlang, bis es, träge wie es ist, am Horizont das unzerkaute in einem Stück hinunterwürgt.

Alle Wege führen nach Rom und der Druck aller Beine, insofern wir uns aufrecht halten, zum Erdmittelpunkt. Dort reichen sich alle Beine der Welt brüderlich die Hand zum Bande.

Der wohlbehütete Erdmittelpunkt. – Ein abstürzendes Flugzeug, das darauf lossteuert, findet auf seinem Weg die Erdoberfläche so straff gespannt, daß es sich wie eine Bombe zwar ein Nest ausscharren kann, aber der Glanz der Scherben, die wie zertretene Eier darin liegen, nötigt dem Erdmittelpunkt nicht einmal ein Augenzwinkern ab.

Am Pflock fühlte die Ziege sich dumpf an den Mutterleib erinnert. Sie verlebte den Tag in immer engeren Ringen, bis sie, ein ungeborenes Zicklein, rund um den Stock gebunden dalag.

❍ ❍ ❍ ❍ ❍ ❍ ❍

Man hat den Sündenbock an den Abgrund gezerrt. Auf einmal werde ich selber hinuntergestoßen. „Hallo!" rufe ich noch hinauf, „ein Irrtum ist hier vorgefallen! Ich bin ja gar nicht der Sündenbock!" Anscheinend habe ich doch etwas erreicht – über mir, in einiger Entfernung, akkurat den Abstand wahrend, fällt auch das Tier.

❍ ❍ ❍ ❍ ❍ ❍ ❍

Was nützte es ihm, durch alle Herren Länder zu rasen? Er konnte und konnte sich nicht von seinen Schimären befreien, dem seltsamen Getier mit den aufgeschlitzten Bäuchen, das ihm tagaus, tagein vor Augen schwebte. Bis ihn schließlich nicht ein Nervenarzt, sondern ein Tankwart von seinen Leiden erlöste, indem er die Windschutzscheibe putzte.

---

## Zauberstäbe, auch bezauberte

Der Beginn des Schauspiels – als erster Vorhang geht ein Kleid hoch.

●●●●●●●

Dornröschen ist im 19. Jahrhundert eingeschlafen und ganz entrüstet, weil es der Prinz im 20. Jahrhundert nicht nur mit einem Kuß aufweckt, sondern gleich splitternackt ausziehen will.

●●●●●●●

Die Finger, die auf dem Busen trippeln – als liefen mit ihnen unter der Haut magnetische Stelzen und stützten sich auf das wärmeüberschäumende Herz.

Als er mit dem Stachel auf die Biene losging, wölbte sie ihm als Schild ihren Busen mit den zwei Honigtropfen entgegen.

Ihre Burgen waren auf einmal nicht mehr aus Stein. Sie standen so nahe aneinander, daß er nur die Zugbrücke herablassen mußte, um bei ihr einzukehren.

Ich fahre durch den Torweg. Noch nie bin ich mit solcher Wärme empfangen worden. Nein, mein Mädchen, du bist nicht aus Stein.

Ich fahre durch den Torweg. Oben lächelt der Mond und läßt sein Frauenhaar fallen.

Mit welcher Hingabe sie das Kreuz auf sich nahm, das sie mit ausgebreiteten Armen auf dem Bett festnagelte.

Die Rakete ist durch die schmale Pforte in den freien Raum vorgedrungen. Die zweite Stufe löst sich – jetzt erst schwindet die Erde ganz.

PAMELA PRATI

Kaum aus dem Nichts zurückgekehrt, ging er wieder und wieder im Nichts auf, ein in den zarten Leib eines Mädchens eingebettetes Nichts.

Er träumte, er sei eine Biene im Kelch einer Blume. Als er erwachte, stak noch sein Stachel in einer Biene.

Er war ein Zauberer – ihm war das Zaubern so angeboren, daß er mit seinem Zauberstab verwachsen war, und wenn er damit durch die schmale Pforte in ihre Dunkelkammer drang, war sie in einem Zauberland.

Sie lieben sich – da umwinden einander auch, wie Kinder, die alles nachahmen müssen, rings um sie schwebende, einander sonst schmollende Redensarten – „mein Wille geschehe", „dein Wille geschehe", „ich habe keinen Willen mehr", „du hast keinen Willen mehr" – dies alles ist nun einerlei.

In seinen Augen sind ihre Züge die Kurzfassung eines Liebesromans, in den ihren sind die seinen die eines Abenteuerromans.

Er war im Paradies und wäre auch im Paradies geblieben, wäre nur nicht eines seiner Glieder wieder zum Tor herausgeschlüpft.

Es wäre vielleicht das Paradies auf Erden, wenn wir nicht immer wieder in unserem Bett die Würze in der Kürze liegen fänden.

Was sind wir denn für Männer? Wir können es nicht einmal mit der Maus aufnehmen, die, ohne abzumagern, oft stundenlang in ihrem Loch verharrt.

Schade, daß wir nach einem Liebesakt nicht gleich wieder volltanken können.

Was ein Paar im Bett verband, das dürfte nach dem Jüngsten Tag – es ist ja keine Nabelschnur – nicht mehr geschieden werden.

Er liebte sie, er liebte sie unbändig, er liebte sie tausendundeine Nacht – wenn es auf ihn angekommen wäre, so hätte er in ihren Armen sein Leben verbracht und nur alle neun Monate, da er auch Kinder liebte, den Korken gezogen und ein schon im voraus hinreichend gewiegtes auf freien Fuß gesetzt.

●●●●●●●

Der Mond ist hinter dem Bergkamm aufgegangen. Es ist, als wäre er auf einen Zaun gestiegen, um von dort mit seinen spindeldürren Fingern die junge Linde zu umarmen, die ihr Schattenkleid abgeworfen hat und nun in ihrer ganzen Blöße dasteht.

Ich bummle nachts durch die Straßen der Stadt. Auf einmal sehe ich in der Ferne, dort, wo der Boulevard beginnt, reihenweise Liebespaare, er und sie immer dicht aneinandergeschmiegt. Ich trete wie ein Schutzmann näher. Da trennen sich die Bäume von den Häusern und machen sich im Wind ihre Haare zurecht.

●●●●●●●

Sie fühlte sich zwischen den Männern wie eine belagerte Stadt und von der Kleiderstadtmauer nur dürftig beschützt. Durch das Straßennetz des Nervensystems schossen als fünfte Kolonne die Triebe und machten kein Hehl daraus, daß sie die Absicht hatten, den Feinden Tür und Tor zu öffnen.

Ein Trieb ist oft ein Eselstreiber.

„Mann ist Mann!“ raunt eine innere Stimme und stößt – eine Kupplerin – das Mädchen jedem Mann zu.

Die Schlüssel sperren nicht alle Räume auf, und deshalb muß sie jeden Mann als neuen Schlüssel probieren.

Die vielen Kinder waren der lebende Beweis ihrer unbeirrbaren Nächstenliebe.

●●●●●●●

Wenn Küsse nicht nur in der Seele Spuren hinterließen, so hätte der lange, feurige, den sich die Neuvermählten gaben – im Privatraumschiff, auf ihrer Hochzeitsreise durch die Ionosphäre – wie Saturns Ringe mehrfach die Erde umkreist und Zeugnis von der Unvergänglichkeit der Liebe, lange noch nach der Trennung der Münder, und vielleicht auch der Herzen, abgelegt.

Zwei Seifenblasen, deren Wege sich kreuzen, gehen ineinander auf oder auf.

Sie waren ein Leib und eine Seele. Auf einmal wurde eins zu zwei, zwei Münder, vier Lippen und vierundsechzig gefletschte Zähne.

●●●●●●●

Kleider, Unterwäsche – alles Vor-Wände...

Ich bin wie der Kunde eines Kleiderladens, der jedes schöne Mädchen, das er sieht, probeweise dem Körper anlegt.

Er wechselte ihr unter den Kleidern, wie Masken, die Körper aus.

Ich fühle mich hinters Licht geführt, wenn ich unter den Kleidern eines Mädchens nicht den Körper wiederfinde, den ich dort versteckt habe.

Wie enttäuschend kann es manchmal sein, wenn man nach langen Ausgrabungsarbeiten unter zahlreichen Schichten Schminke die Venus findet.

Wir drehen uns, an die Erde gebunden, wie am Spieß, und im Sommer kommen unsere Leiber bei jeder Drehung gebräunter hervor.

Am Strand wird sie nicht nur von der Sonne gebräunt, sondern auch von den vielen Augen, die, Scheinwerfer, ihren Körper absuchen.

Am Strand lege ich um jede Nixe den Reifen meines Gesichtsfelds, durch den sie sich mit ihrer langen Mähne wie eine Löwin hindurchzwängen muß, auch wenn ich ihn gegen die Sonne halte und er Feuer fängt.

Sie wurde am Strand nicht von der Sonne gebräunt, sondern, wie ein Schlangenei, vom Sand ausgebrütet.

Sie stieg ins Meer – da schnitt ihr das Wasser Scheibe um Scheibe wie ein Wurst die Beine ab, bis sie nur noch auf dem Becken stand, das schließlich eins war mit dem Meeresbecken, ein Stehaufmännchen mit dünnem Oberkörper und dickem Unterleib – hätte man ihr den Kopf ins Wasser gedrückt, sofort wäre er wieder hochgeschnellt.

Am Strand, wenn alle Hüllen fallen, steigt nicht immer eine Venus aus den Fluten.

An sich hatte er nicht viel von einem Märchenprinzen. Da diese aber nun einmal als vornehme Leute die Unsitte haben, immer etwas auf sich warten zu lassen, stattete sie inzwischen ihren Verehrer mit allen Vorzügen des Vermißten aus, bis sie ihn unwiderstehlich fand und ihm wie eine reife Frucht ins Bett fiel.

Es kommt manchmal auch häßlichen Frauen zugute, daß Frauen für schön gehalten werden.

Der elfte Finger will nicht heiraten und zieht sich in aller Eile zurück, wenn man ihm als Ehering eine Scheide aufbinden will.

Karl – aus Kafkas *Amerika* – fügte sich in sein Schicksal, als die Putzfrau im Tauziehen die Oberhand behielt und sein Schwert in ihre Scheide steckte.

Die Geiß hat am Geißblatt – das so schön duftete – kein gutes Blatt gelassen.

Ich liebe deinen Garten. Ich liebe an sich nur die Rosen in deinem Garten. Ich liebe nicht so sehr den Dunghaufen in deinem Garten. Aber heute sehe ich nur die Rosen. Morgen vielleicht nur den Dunghaufen.

Er wollte sie erschießen, sie war aber in ihr Parfüm eingehüllt, und so blieben alle seine Versuche, mit dem Revolver in Schußweite zu gelangen, vergeblich.

„Du entwischst mir nicht!“ schrie der Sadist und sprang seiner Frau aus dem Fenster nach.

Es war einem Perlenfischer zu Ohren gekommen, daß man oft Perlen vor die Säue werfe. Besonders verdächtig war ihm seine Frau. Und so sprang er denn in den Mist seines Saustalls, der tiefer als eine Lagune war, und ward nicht mehr gesehen.

Sie schwankte Tag und Nacht zwischen guten und bösen Ahnungen, und was immer ihr passieren mochte, sie hatte es vorausgeahnt.

●●●●●●●

Glocken, Glocken, immer größere – rund um den Schädel die Glocke des Haars, rund um die Taille die Glocke der Bluse, rund um die Schenkel die Glocke des Rocks. Es fehlte auch nicht an einem Glockenschwengel – eben wurde er von unten eingeführt. Er war zwar etwas zu dick, unter seinen Stößen aber erweiterte sich das dafür vorgesehene Loch, und auf einmal begann die obere Glocke, wenn auch nicht Sturm zu läuten, so doch wie eine Sirene zu heulen.

Sie schrie wie am Spieß. Zum Glück war der Spieß eine Rute.

Im Zirkus ist ein Ehebett aufgestellt. Ein Mann und eine Frau werden eingelassen. Publikum und Herrenhosen sind aufs äußerste gespannt. (Fortsetzung *folgt*!)

Er ruft sie jeden Abend aus dem Café an. Die Telefonzelle ist hell erleuchtet. Draußen ist zwar kein Laut zu hören, dennoch ist es leicht zu erraten, wie sie gestimmt ist, ob sie ihm zürnt oder liebliche Worte ins Ohr raunt, je nachdem, was ihm zu Berge steht, die Haare oder die Hose.

Wenn Don Juan an der Macht ist, werden im Laufe der Jahrzehnte alle Menschen Brüder!

Sein Nachschlüssel öffnete Tür und Tor und in jedem Mädchen Paläste.

Du sollst deinen Nächsten lieben und nicht immer nur deine Nächste!

Der Mensch ist so verdorben, daß er schon bei seiner Geburt eine Frau zur Mutter macht.

Ein strammes Schwänzchen kann oft Hand in Hand mit einem eingezogenen gehen.

●●●●●●●

*Einmal ist keinmal* ist seit der Pille längst überholt. *Tausendundeine Nacht* werden heute in wenige Nächte zusammengerafft.

*Pillatus* kann sich seit kurzem nicht ganz ohne Furcht die Hände in blutjunger Unschuld waschen.

Manch fromme Seele fühlt sich heute durch die Pille um ihre tägliche Gretchentragödie betrogen.

Er hat Röntgenaugen und kann hinter die Dinge sehen. Das Äußere der Frauen dünkt ihn oberflächlich. Was er so sehr an ihnen bewundert, ist das Knochengerüst.

Die Blume rief zum brennenden Dornbusch hinüber: „Ich blühe!" Da nahm er eine Flammenschlinge und fing sie damit ein. Noch einmal blüht das Feuer auf.

Sie ließen sich Arm in Arm um einen Bratspieß binden, bei dessen Drehung mal er mal sie oben zu liegen kam. Sie konnten sich nur unter dieser Bedingung, und nur ohne Feuer, lieben.

●●●●●●●

Der Mensch ist so groß, daß er auch heute nur eine dumpfe Ahnung vom Aufbau der Zellen hat, die sein Schicksal bestimmen.

Ich bin von uraltem Adel. Ich stamme vom ersten Lebewesen ab. Alle meine Ahnen waren Sieger. In den *Ausscheidungs*läufen der Samenfäden kamen sie stets als erste ans Ziel. Jeder von ihnen erhielt als Pokal ein Ei über die Ohren gestülpt.

Klage der sich spaltenden Mikrobe – zwei Leiber wohnen, ach, in meiner Seele...

Die Urmikrobe spaltete sich erst in zwei, dann in vier, dann in acht Mikroben – keine war die Mutter der anderen, und so sind heute alle Mikroben Urmikroben.

Vielleicht sind auch wir benachbarte Wurzeln, die sich um jeden Tropfen streiten und gar nicht wissen, daß sie demselben Baum angehören.

Mensch ist an Mensch wie Stern an Stern gebunden.

Ich bin das Leben, spricht der Herr. Ich bin der Herr, spricht das Leben.

Ich bin zwar nur ein Schilfrohr, das jeder Wind umknicken kann, habe aber die ungeheure Kraft, nicht nur Kindern und Kindeskindern, sondern tausenden Generationen das Leben weiterzugeben.

Eine Frau kann manchmal nicht nur mit einem Kind, sondern mit tausenden Generationen von Kindern schwanger sein.

Der Staffellauf des Lebens, in dem der Stab den künftigen Geschlechtern nicht unmittelbar, sondern an Hand von Frauenköchern übergeben wird.

Als der Wolf die Geiß fraß, hatte sich das Leben schon längst in die Geißlein gerettet.

Eine Glatze ist dem Leben ein Heiligenschein, und es tut alles, was es kann, sie auch künftigen Geschlechtern weiterzugeben.

Hätten meine Eltern mich einen Tag später gezeugt, so hätte ich mir vielleicht nur wie ein Bruder geglichen.

Ich möchte ein Blatt sein, ein Blatt, das weiß, daß der Baum weiterbesteht, wenn es, welk, im Herbst von ihm abfällt, oder eher der Baum, der Baum, der weiß, daß er weiterbesteht, wenn im Herbst, welk, das Blatt von ihm abfällt.

•••••••

Die Eltern waren immer noch nicht wach. Da schlich er sich in ihr Zimmer und gewahrte zwischen den Beinen seines Vaters eine Banane. Es wunderte ihn zwar, daß sie so gerade war, auch hatte er nie noch eine so lange gesehen, in seinem Leben war aber schon manches vorgekommen, daß mit seiner Erfahrung – sie war ja noch so kurz – nicht in Einklang zu bringen war, und so wunderte ihn im Grunde gar nichts, zudem hätte er auch zu dieser frühen Stunde nur zu gern eine Banane gegessen, und so machte er das Krumme gerade, ließ die Banane eine Banane sein und biß hinein.

•••••••

Das erste Schlückchen Wein fuhr wie ein Ziegenbock in die Schafherde seiner Gedanken, die dichtgedrängt aneinanderstanden, nur um den in dieser Schwüle appetitlos gesenkten Köpfen unter den Bäuchen Schatten zu spenden.

Alkohol ist dein schlimmster Feind. Deshalb wurde die Flasche geköpft. Nur aus dem Flaschenhals steigen noch trübe Gedanken. Ich aber setze ihr meinen Kopf auf. Zum Dank ein langer, feuriger Kuß.

Er erkannte ihren Mund und wollte sie zärtlich darauf küssen, als er bemerkte, daß es nur die Schminke auf dem Hals seines Freundes war.

•••••••

Warum ist es mir nicht möglich, in die Unterwelt hinabzusteigen, Pluto mit Orpheus' Stimme ein Lied zu singen und ihn zu bitten, Nephrotitis, in die ich mich heute im Museum verliebt habe, als Dank für meine künstlerische Leistung ins Diesseits mitnehmen zu dürfen.

Das Mädchen wendet langsam den Kopf ab, und es ist, als ob sich im kleinen noch einmal die Sintflut vollzöge – nach und nach taucht die Naseninsel hinter dem Wangenhorizont unter, und auf einmal ist das ganze Gesicht wie von Wellen auf hoher See von den Locken überflutet.

Ich werfe unentwegt einen Wörterschleier aus und versuche, das Mädchen, das sich dahinter formt – es ist, als ob es sich ankleidete – wie ans Tuch eines Matadors heranzulocken, bis seine Züge durchschimmern.

Ich sage ihr, wie schön sie ist, und sie strahlt auf, als wäre sie ein Heiligenbild, und als hätte ich das Lämpchen davor mit Öl gespeist.

---

## Lichtabschöpfung

„Sesam, öffne dich!"
Ich schlage die Augen auf – wie aneinandergekettete Sklaven naht das schwerbeladene Licht und wirft den Tribut des weiten Landes in die Augenhöhlen ab.

Die Zugbrücke der Augen und Sterne – abends, wenn die Lider hochgehen, schlägt auch das Firmament – der große Pfau – ein Rad.

Das Auge ist nur ein winziges Nest, in dem aber an einem klaren Abend der Himmel die vielen flaumigen Sterne bequem unter seine Fittiche nehmen kann.

Es werden so viele Körnchen in alle Richtungen ausgestreut... Und nirgends hungrig aufgesperrte Schnäbel... Nur hie und da gelangen welche in den Jungbrunnen eines Auges, werden zu Licht und weisen als Laterne den Weg zu ihrem Ursprung.

In einem Trichter, der bis an die Ränder des Blickfelds reicht und oben als Atlas den Himmel trägt, wird mir die Welt, in Licht zerlegt, in die Augen geträufelt.

Ich kann die Welt nicht sehen und würde von ihr auch kaum etwas wissen, wenn die Lichtbrieftaube nicht jeden Moment vom obenauf liegenden Abreißkalender ein Blättchen löste und es mir mit einem Gruß im Augentaubenschlag hinterlegte.

Er sagte nichts, der Fakir, und senkte nur von Zeit zu Zeit die Lider, wenn ihm die Sonne ununterbrochen hunderttausende Lichtpfeilbündel rücksichtslos in die Augen stieß.

Dauernd nimmt das Licht das Kreuz auf sich, bricht sich an Himmel und Erde das Genick, verblutet in einer Farbensintflut.

Ich bin nicht blind, sehe aber nichts, bis auf das Licht, das in den Farben zur Tränke geht, um dann in meinen Augen wie in einem Nest zu verschwinden.

Ich habe kaum das Haus verlassen, da fällt die Sonne wie ein Straßenräuber über mich her und wirft mir ihre weiße Decke über den Kopf. Zum Glück hat die Decke in Höhe der Augen Löcher, und ich kann, ein geharnischtes Schlachtroß, dreist ins Getümmel der Stadt ziehen.

Die Sonne wirft der Erde ein Hochzeitskleid über, nimmt sie in ihre Arme und verschwindet mit ihr in meinen Augen wie in einem Brautgemach.

Ich bin wie ein Blinder – ich habe nie ein Bild gesehen und würde von einem solchen auch kaum etwas ahnen, wenn sich nicht Lichtschwärme darüber hermachten und es in den wimpernumrankten Augennestern als Mosaik neu zusammensetzten.

Die Sonne läßt an ihren weißen Ketten ihre Kräne herab, füllt sie mit Himmel und Erde und leert den Inhalt in meinen Augenhöhlen aus.

Penelope trennt die Welt in Strahlen auf, die sie dann hinter den Augen wieder zur Welt verwebt.

Ich mache mir hinter den Augen eine kleine Skizze der Welt, die ich dann in größerem Maßstab auf alle Dinge übertrage.

Ich müßte wie ein Blinder umherirren, wenn das Auge nicht die vielen Lichtpfeile, die es durchbohren, zu einem Abbild der Welt bündelte und mir mit ziemlicher Genauigkeit mitteilte, in welchem Winkel und in welcher Entfernung ich alle Dinge finden könnte.

Das Licht liefert dem offenen Auge die Bausteine zur Herstellung der Welt.

Das Licht hat seine Pfeile gegen mich gerichtet, ich aber drehe den Spieß um und nutze sie als Pfeiler der Welt.

Ich stehe hinter der Theke der Augen und versuche, aus dem Geschwätz meiner Kunden, der Quanten, mir Klarheit über die Welt zu verschaffen. Ungezogene Bengel samt und sonders – sie reden alle zur selben Zeit, aber immerhin, was aus ihren Worten hervorgeht, ergibt ein zusammenhängendes Bild. – Ich habe ein angesehenes

Gasthaus und kann es nicht dulden, daß diese Knirpse, die nichts als eine Münze haben, zu lange bei mir herumlungern – ich nehme ihnen das Geld ab und lasse die nächsten heran, die nicht minder gesprächig sind und mir fast Wort für Wort wiederholen, was ich schon tausende Male gehört habe und mich zur Annahme führt, daß außerhalb meines Lokals die Welt fast unverändert fortbesteht.

Jeder Stern legt in die Wiege meiner Augen ein paar Strahlen als Beitrag zur ständigen Niederkunft und Erneuerung der Welt.

Ich habe einen Springbrunnen, aus dem in einem fort, von Licht und anderen Quellen gespeist, Welten hervorschießen, Welten, die einander ablösen, aber in so rascher Folge, daß sie nur eine Welt zu sein scheinen und aus einem Guß, obwohl sie zum Teil von Phantasien bedeckt sind, die manchmal auch allein das Feld beherrschen.

Die Welt – ein Falter, der kaum geboren, sterbend ein Ei legt – die Welt, ein Falter, der kaum geboren, sterbend ein Ei legt...

Wie sie mit dem Hausmeister umgehen... Sobald ich die Lider aufschlage, fallen von allen Seiten, wie Vögel, von Krümeln angelockt, Lichtschwärme mit der Tür ins Haus und versuchen, ohne mich erst lang zu fragen, ihre Farbnäpfe an den Hausherrn loszuwerden.

Die endlose Lichtdemonstration... Dauernd schließen sich auf der Sonne neue Demonstranten der Kundgebung an. In ihren schwarzen Uniformen versehen die Wimpern den Ordnungsdienst. Manchmal fühlen sie sich überfordert und lassen die Liderrolläden herunter. Nur einzelne werden vorgelassen und wie in einem Ameisenhaufen verzehrt.

Die vielen Photonen, die zwischen mir und der Sonne Schlange stehen und, sobald ich die Lider aufschlage, stempeln kommen...

Lichthaarröhrchen springen in einem fort vom Sonnenigel ab, saugen sich in Wiesen und Wäldern wie Insekten mit Grün voll und legen es in den Augennestern, wo sich unter ihrem Stochern auch ein verblaßtes Grün zu regen beginnt, wie Kuckuckseier ab.

Der ewige Zank der beiden Clowns. – Es ist immer wieder die Natur, die schon am frühen Morgen – ich brauche bloß die Augen zu öffnen – mit mir anbandelt und mich scheffelweise mit Strahlen bespritzt. Ich bin aber nicht dazu aufgelegt, so etwas herunterzuschlucken und bekleckse sie von oben bis unten mit Farben. Das ist ihr nun denn doch zu bunt und sie bespritzt mich von neuem scheffelweise mit Strahlen.

Am Morgen schleift die Sonne, als ob sie nicht mehr auffliegen könnte, einen gebrochenen Kanarienflügel über das Land. Auf einmal aber stolziert sie auf ihren Strahlen wie auf Stelzen hoch in den Himmel.

Wenn die Sonne am Morgen aufgeht, ist sie schon dabei, das Tuch um den Hals, sich den langen, blonden Bart zu rasieren, dessen Haare aber so schnell nachwachsen, daß sie schon nach sieben Minuten wie Zauberstäbe die Erde berühren und sie in leuchtende Irrgärten bannen.

Die Sonne hat heute Wiesen und Wäldern als Mitgift zu den vielen Regenperlen ihr Gold beigesteuert.

Der alte Baum hat eine kinderreiche Familie zu ernähren – er streckt der Sonne die vielen hungrigen Blätter entgegen, die Sonne, eine vornehme Dame, tritt hinter ihrem Vorhang hervor und drückt einem jeden, ohne auch nur ein Wort zu verlieren, eine Goldmünze in die Hand.

Abends neigen sich bunte Wolken über den Horizont, die schmale Wiege zwischen Himmel und Erde, und legen dort die ob ihrer Nacktheit errötende Zelluloidpuppe der Sonne zur Ruhe.

Die Nacht hebt sanft das Augenlid und zieht an ihrer Angel den goldenen Schatz hoch, die Sonnenpupille – und nun ist auch der Tag zu sehen.

Wenn auf dem blauen Himmelsauge das Eidotter der Sonnenpupille von einem Ufer zum anderen schwimmt, schäumt die Erde vor Farbenglanz über.

Wie gut, daß die Sonne so verspielt ist und mit ihren Strohhalmen von früh bis spät im Meer Wasser saugt, das sie dann auf dem Land ausspeit.

Ein diesiger Sommertag an der Küste Italiens. Meer und Himmel sind vom Dunst aufgesogen – nicht eine Spur von Blau ist zu sehen. Vielleicht muß der Dunst sich zu Wolken verdichten, um das Meer auszuspeien und den Himmel als Luftballon aufsteigen zu lassen.

✷ ✷ ✷ ✷ ✷ ✷ ✷

Von der Wiese her streunt ein herrenloser Duft – ich nehme ihn in meiner Nase auf.

Ein lauer Juniabend. Es riecht auf einmal nach Heu. Hat es die Mondsichel eben geschnitten?

Das Kind hüpft auf der Wiese und steckt die Sonne an, die als goldenes Kalb mithüpft.

Ich könnte bei klarem Wetter jeden Abend als Jongleur auftreten. Es ist an sich ganz einfach. Ich brauche nur den Kopf zurückzulegen und die Wimpern zu senken, und schon springt ihnen als Stab ein Strahl auf, hält sich mühelos kerzengerade und balanciert am oberen Ende als Ball einen Stern. Es ist mir noch nie ein Stern vom Himmel gefallen!

Ich halte zwar die Sterne an ihren Strahlen wie Luftballons fest in der Hand, weiß aber nicht, was für Winde es sind, die sie immer mehr auseinandertreiben.

Es hat mir jemand einen Schlag versetzt. Ich habe alle Sterne gesehen und bin in Ohnmacht gefallen. Als ich wieder erwachte, waren die Sterne am Himmel.

✷ ✷ ✷ ✷ ✷ ✷ ✷

Wenn ich mich von der Stelle rühre, hält es die Dinge auch nicht mehr am Platz – die einen trennen sich, die anderen rücken aneinander, als wäre die Welt ein Tretwerk, das ich mit den Beinen betreibe.

Ich kann eine Landschaft durch einen Spaziergang wie in einem Kaleidoskop durcheinanderschütteln.

Ich gehe spazieren, und alles, was ich sehe, geht auch durch mich spazieren.
Hoffentlich kommt ihm dort auch etwas entgegen.

Ich bin ein Matador und ziehe, wohin ich gehe, das Tuch der Leere neben mir her. Die Dinge stürzen sich wie Stiere hinein und zergehen darin wie Schnee.

Ich habe die Augen zu Boden gesenkt und mein Horizont ist zu einem winzigen Halbkreis zusammengeschrumpft, der aber jetzt, da ich sie allmählich hebe, wie eine Seifenblase anschwillt, bis er sich schließlich mit dem Horizont deckt, sich wie ein Adler aufschwingt, eingeht, je mehr er an Höhe gewinnt, am Zenit mich noch kurz mit einem Heiligenschein foppt, um dann wie ein Fallschirm aufzugehen und sich wieder über die Erde zu legen.

Ich lebe unter der gläsernen Glocke des Himmelsgewölbes, und es will mir nicht gelingen, unter diesem goldenen Käfig hervorzukriechen. Zwar liegt es wie ein Igel zusammengerollt und läßt die Sonnenstacheln lässig auf mir ruhen. Kaum aber mache ich einen Schritt, bricht es auch die Zelte ab, pflanzt sie einen Schritt weiter auf, und wieder bin ich in seiner Mitte wie die Maus im Katzenmaul.

Ich sitze im Auto. Manche Dinge, die ich vor mir in der Ferne sehe, kommen zutraulich an mich heran. Andere machen um mich einen großen Bogen.

Ich habe im Zug einen Fensterplatz, aber nicht in Fahrtrichtung. An meiner Seite sprudeln wie aus einer Quelle Landschaften hervor und ziehen, ein reißender Strom, so schnell in die Ferne, als wäre der Horizont der Rand eines sie unwiderstehlich anziehenden Wasserfalls.

Ich pflücke auf meinen Reisen rechts und links die Länder ab und stecke sie in die Vase meines Kopfs – dort können sie aber nur gedeihen, wenn aus dem Inneren eine Feuchtigkeit mit den Resten früher gesehener und nun zerfallener Länder durchsickert und sie speist.

Land für Land ist die ganze Welt durch die Nadelöhre der Augen gezogen und wie in Abflußrohren verschollen. Irgendwo aber, fern in mir, häuft sich Atlantis über Atlantis.

✷ ✷ ✷ ✷ ✷ ✷ ✷

Ich erwache und richte mich im Bett auf – wo bin ich? Auf einmal wird mir von unsichtbaren Händen, wie eine Flamme auf einen Docht, der Kopf aufgesetzt, die Krone der Schöpfung... Die Träume fliehen vor dem Tag.

Der Kopf ist mir nachts wie Weihrauch aufgegangen. Nur am Hals ist noch ein Docht geblieben. Neben meinem Bett wird jetzt ein Streichholz angezündet und die Flamme wie ein Vogel dem Docht aufgesetzt. Ein bunter Vogel, ein Papagei. Ich mache die Augen auf – der Tag.

Ich bin ein unvollkommener Mensch. Da, wo mein Spiegelbild einen Kopf hat, muß aus dem Rumpf wohl ein Docht hervorschauen, an dessen Ende eine Riesenflamme, von den Sonnenhaken emsig geschürt, sich weit hinaus einen Weg ins All bahnt, von den Träumen nur leicht übermalt, die aber nachts, wenn die Lampen sich mit den Sternen zurückziehen, allein das Feld beherrschen.

Wie lange das Licht an den Körper klopfen mußte, bis er sich endlich entschloß, sich Augen als Fenster einzubauen.

Eines Tages war die Natur neugierig zu sehen, was in ihr vorging – da schuf sie den Menschen, durch dessen Augen sie auf sich zum Fenster hinausschauen konnte.

Wenn die Welt wissen will, was in ihr vorgeht, muß sie sich meiner Augen als Brille bedienen.

Das Neugeborene hat es nicht leicht, sich daran zu gewöhnen, daß ihm, sobald es die Augen öffnet, die Welt mit ihrer Himmelswölbung als Sonnen-Schirm hineingepfropft wird.

Das Licht – der Postbote – überbringt mir einen Gruß von einer Blume. Sie ist des Schreibens nicht mächtig und sendet mir an Stelle eines Briefes ihr Porträt.

Wimpern – Kelchblätter. In ihnen ruht als Blüte die Welt.

Er war so weitsichtig, daß er wie Gott der Herr von einem Himmel umgeben war und die Erde nur aus der Ferne wahrnahm.

Wenn ein Hund an mir vorbeikommt, tritt aus dem Dunkeln ein anderer heran, stellt die Vorderpfoten auf das Augenfensterbrett und blickt ihm nach.

* * * * * * *

Ich nicke ein und sehe meine Beine immer länger werden – auf einmal sind sie Schienen, in deren Glanz sich, unter der Aufsicht von Mutter Sonne, Strahlenspatzenschwärme baden, Licht um sich spritzend, von einem Löwen mit finsterer Mähne plötzlich verscheucht, denn jetzt fährt als Lokomotive mein Kopf hinterher und stößt als rabenschwarzen Rauch meine Haare in die Luft.

* * * * * * *

Die Jagd der Sonne auf den Meeresdrachen. Sie sticht mit zahllosen Spießen auf ihn ein. Die treiben, harmlose Peitschenschnüre, auf den sich träge bäumenden Fluten und zeugen mit ihnen den Meeresspiegel.

* * * * * * *

Im Schoß der Erde. – Wie kann ich mich mit der Sonne sehen lassen, wenn sie so eigensinnig ist und von früh bis spät nicht aufhört, aus ihrem Sieb in kaum gewellten Locken Lichtstaub zu schütteln, und in solchen Mengen, daß mich ein Nebel von der Welt zu trennen scheint und sich erst lichtet, wenn sie abends endlich geruht, wie eine arme Verwandte, deren man sich schämt, unter den Bauch der Erde zu kriechen, die nun unbehindert und wie mit hochgestreckten Beinen die Rockschöße ihres Schattens in die Höhe werfen kann. Die sind nun eine weit geöffnete, schwarze Tulpe, eine dem Himmel zugewandte Glokke, als deren zu kurz geratener Klöppel ich unter dem Zenit stehe – lotrecht unter dem Zenit – und die Sterne betrachte, die der Schwamm einer finsteren Wolke noch ab und zu löscht, um nun, da nichts mir den Weg verstellt, auf du zu du mit dem All zu stehen, dessen Hohlraum mich mit dem Unendlichen verbindet.

✳ ✳ ✳ ✳ ✳ ✳ ✳

Der Lichtstrahl hat äonenlang Welten durchstreift. Auf einmal zerstiebt er an einem Staubkorn.

## Ein kleiner Beitrag zum Wintervorrat der Grille

La cigale ayant chanté
Tout l'été,
Se trouva fort dépourvue
Quand la bise fut venue...
La Fontaine

Wie befriedigend – und auch befriedigt – sich so ein Stier schon mit dem Sterbenswörtchen „muh" *ausdrücken* kann, wenn ihn als erste Sprosse der Himmelsleiter eine Kuh erhöht.

✿ ✿ ✿ ✿ ✿ ✿ ✿

Wellenreiten auf den Zeilen – hinter dem Bogen des Horizonts tauchen auf einmal – Fata Morgana –, drohend oder entgegenkommend, Höhenzüge Hand in Hand auf.

✿ ✿ ✿ ✿ ✿ ✿ ✿

Meine Phantasie wäre nicht imstande, mit Bergen niederzukommen, hätten ganze Bergketten nicht an ihr Schlange gestanden und sie mit Bergen geschwängert.

✿ ✿ ✿ ✿ ✿ ✿ ✿

Wie schön ist Narziß mit dem glatten Haar, das er aber durchaus gelockt haben will – aus Kummer weint er eine Quelle voll. Doch da kommt Zephir auf leisen Sohlen und bläst ihm Dauerwellen in sein Spiegelbild!

Der Bucklige konnte den Blick nicht von der Schlange lassen. Sie hatte eine Maus geschluckt und war nun auch mit einem Höcker versehen, der aber nicht an Ort und Stelle blieb, sondern sich langsam, träge – eine Schwerölwelle – nach hinten wälzte und lange, bevor er den Schwanz erreichte, verebbte.

Als Rom zu brennen begann, ging auf einmal auch der Kinosaal in Flammen auf. Die Zuschauer saßen versteinert da und rührten sich erst, als sie in Asche fielen.

Ich hätte diese Peitschenhiebe nie ertragen! Zum Glück fand ich bald heraus – nicht ich war es, dem sie verabreicht wurden, sondern der Held der Geschichte.

✪✪✪✪✪✪✪

Der Tintenwurm ist aufgepickt – ob ein Wörterschwarm dem Köder auf den Leim geht?

Wie lange die Mine in ihrem finsteren Gang oft Schlange stehen muß, bis sie zum Tanz der Buchstaben mitgerissen wird und schnell wie ein Stier verendet.

Ich tauche langsam die Feder ein. Sie und ihr Spiegelbild schieben die Lippen vor, bis sie sich mit einem Kuß ineinander festbeißen und sich auf dem weißen Bett des Papiers als Liebespaar umeinanderwälzen.

Manchmal sitze ich nicht an einem Tisch, sondern auf dem Bock eines Schlittens, nehme, den Kopf leicht zurückgeneigt, die Anweisungen des Fahrgasts entgegen und gebe sie dem Pferd weiter – ein winziges, aber kräftiges Pferd, das, die Beine schräg gegen den Boden gestemmt, das Fuhrwerk in Bewegung setzt und der endlosen Ebene, die sich nur durch ihre hellere Farbe vom Himmel abhebt, die ersten Spuren aufprägt, dem unberührten Schneeteppich, ein unbeschriebenes Blatt.

Die Zeit ist die Rippe, aus der ich, wie der Herr, Wesen aus Fleisch und Blut machen soll.

Manchmal ist es, als ob ein Fremder – oder ist es ein ferner Verwandter – sich meines Mundes als Sprachrohr bediente.

Ich klopfe mehrmals an die Tür – das Echo verliert sich im Schoße der Finsternis. Eine kurze Schwangerschaft – aus dem Schoße der Finsternis treten auf einmal Schritte hervor, die Tür wird geöffnet – ein Mensch ist geboren.

Am Abend stand eine Jakobsleiter auf der Erde. Herab stieg kein Engel, sondern ein Laternenanzünder, der seinen Stern den anderen zugesellt hatte, wie ein Vater, der sein Kind, das die anderen nicht mögen, ohne sie erst lang zu fragen, ihnen zuführt, damit es auch das Recht hat mitzuspielen.

Feuerwerke, nächtelang, in der Hoffnung, von den bunten Raketen würden einige am Himmel bleiben und sich mit den Sternen zu einem Mosaik fügen.

„Du spinnst!" – Marienfäden, die sich nach allen Seiten verlieren, ohne sich in einen Teppich zu verweben.

Er konnte aus der Zeit keinen Teppich weben, nur, wie eine verschmachtende Spinne, ein Spitzendeckchen, mit wenigen Fäden und großen Kratern.

Es hagelt nur so Einfälle vom Himmel. Der Faden ist ihm aber knapp bemessen. Und so trennt er ununterbrochen das eine Ende des Teppichs auf, um das andere zu vollenden.

Ich fühle mich manchmal wie eine Großmutter, die ganz in der Nähe ihrer Brillengläser an einem Schal strickt, den unter dem Tisch das jüngste Enkelkind aus Schabernack auftrennt.

✪ ✪ ✪ ✪ ✪ ✪ ✪

Die Kerze ist schon fast völlig eingeschrumpft, die Flamme leuchtet aber noch in alter Helle, wird aber auch bald ausgehen, wenn es ihr nicht mehr gegönnt ist, sich sanft über eine andere Kerze zu beugen und ihr mit einem heißen Kuß das Feuer weiterzugeben.

Im Stück war er Bank-, und nicht Theaterdirektor. Er spielte die Rolle so glänzend, daß er eigentlich überrascht war, am Ende des Abends leere Kassen vorzufinden.

Er wollte, daß von ihm etwas bleibe und ging in der Wüste auf und ab, bis der Sand über und über mit Spuren bedeckt war, die alle seine Schuhnummer hatten.

✪ ✪ ✪ ✪ ✪ ✪ ✪

Die Leinwand entfernen und die Mauer, die ihr den Rücken deckt – ohne sie würde der Film, mit einem ausreichend starken Projektor, wie die Abendsonne den Himmel anstrahlen und die Welt in einen Kinosaal verwandeln.

Er war sicher, mit seinem Fluch die Welt gesprengt zu haben und ganz erstaunt, sie schon nach wenigen Sekunden wie einen aufgescheuchten, aber wieder zur Ruhe gekommenen Taubenschwarm auf ihrem angestammten Platz zu finden.

Der Fluch sprengte die Welt, die sich aber wie Bauklötzchen gleich wieder neu zusammensetzte.

Ich bin Türmer im Schloß des assyrischen Königs. Er und seine Gäste leben in Saus und Braus und freuen sich, wenn ich in ihr unausgesetztes Gegröle mit meinen Sturmglocken etwas Takt bringe.

Ob die Äolsharfe im Sturm einen volleren Klang hat?

Beethovens Dynamik hat schon seit mehr als anderthalb Jahrhunderten auf der ganzen Erde Stürme in Wassergläsern verursacht.

Es schrieben so viele, daß der ohnehin schon dunkle Himmel von der verdunsteten Tinte schwarz ward.

Das Wild zeigt der Meute den Weg zu sich.

Der Mond scheint ungetrübt beim Brand eines Elfenbeinturms.

✪ ✪ ✪ ✪ ✪ ✪ ✪

Es gibt Hühner, die Sand- und Weizenkörner nicht so recht unterscheiden, und da im Sand auch hin und wieder Weizenkörner zu finden sind, ganze Wüsten herunterschlucken.

Es gibt Detektive, die nicht davor zurückschrecken, bis in ihre privateste Sphäre hinein sich selbst zu bespitzeln.

Ich sehe vor meinen Augen nur Dunst. Wenn ein Ding aber meine Aufmerksamkeit auf sich lenken will, legt es ihn, wie eine Nackttänzerin ihre letzte Hülle, ab und zeigt sich in seiner ganzen Wirklichkeit.

Ich habe die Freilichtmalerei ohne jedes bildnerische Können zu ihrer höchsten Entfaltung gebracht. Ich halte jeder Landschaft, die mir gefällt, einen leeren Rahmen vor. Was ich darin sehe, ist so naturgetreu, daß es auch der genaueste Künstler nur annähernd abmalen kann. Soll das so entstandene Werk die Wand eines Liebhabers schmücken, baue ich rings um den Rahmen ein Haus.

Das 19. Jahrhundert wollte sich wie La Fontaines Frosch aufblähen, um nicht nur an Größe, sondern auch an Schönheit dem Ochsen zu gleichen.

Der Vogel kann sich vom See nur wenige Tropfen aneignen, aber sie stillen seinen Durst.

Mit Ach und Krach ist es dem modernen Lyriker gelungen, sein Flugzeug in die Höhe zu bringen. Ehe er abstürzt, ruft er den Lesern zu: „Alles einsteigen!"

Anfangs hatten die Dichter Leser, dann hatten sie nur noch Dichter als Leser und schließlich nur einen Dichter als Leser, und dieser war sowohl Dichter als Leser. Als Dichter aber hatte er so viel zu sagen, daß er als Leser gar nicht mehr zum Lesen kam, und so zergingen seine Worte hinter seiner Feder und tanzten noch eine Weile mit den Ringen, die er aus seinem schlechten Tabak gedankenvoll in die Luft blies.

In jeder Schrift wird heute ganz blasiert von vornherein das Unerwartete erwartet.

Die Seele, so heißt es, ist ein Euter, das wir mit einigem Geschick ununterbrochen – nachts sogar in unseren Träumen – melken können.

Heute ist man schon aus Konvention gegen jede Konvention.

Das Pferd versteht nur ab und zu das Wiehern seines Reiters.

An sich braucht ein Autor gar nichts zu sagen, wenn er es nur gut sagt.

✪✪✪✪✪✪✪

Ein Künstler, der etwas auf sich gibt, wird keine Perlen vor die Säue werfen, sondern versuchen, sie ihnen für teures Geld zu verkaufen.

Er gehört zu den Zauberern, die alles, was sie berühren, in Blech verwandeln, ein Blech, das auf wundersame Weise zum Blechen anregt.

Er schrieb Romane über Romane und wurde dafür von einer Hexe in eine Schreibmaschine verwandelt.

An sich sollte man aus Wörtern Dichtung machen und nicht aus Dichtung Wörter.

Wörter wachsen wie Gras nach – jedes Vieh kann sich an ihnen weiden.

Am deutschen Wesen wird die Welt nicht genesen, und schon gar nicht am deutschen Verlagswesen.

Verleger heißen deshalb Verleger, weil viele Autoren um sie verlegen sind...

Meine Mitmenschen sind die einzigen Banken, in denen ich meine Träume anlegen könnte. Leider sind sie nur auf leichtes Geld bedacht.

Es ist nicht einem jeden gegeben, seine Seele wie eine feine Schminke zu Papier zu bringen.

✪✪✪✪✪✪✪

Die Erde ist mit wandelnden, träumespeienden, oft aber schon erloschenen Vulkanen übersät.

Wie gern hätte der Feuerschlucker seinen Zuschauern gezeigt, was er bei jedem seiner Auftritte sah – die bunte Menge, die sich in seiner Hirnschale wie in der Frühlingssonne tummelte –, statt wie ein Taubstummer auf dem Papier davon Bericht erstatten zu müssen.

Das Buch – ein Röntgenapparat, der hinter der Hirnschale Phantasien sichtbar macht und mit ihnen eine Nummer probt.

Ich lese – da löschen sich die Buchstaben wie eine Geheimschrift, dahinter lösen sich Bilder ab – ein Film auf einer Papierleinwand, die auch in Nebel zerrinnt.

Jede Zeile eine Zündschnur... Der Blick – ein Funke – schlängelt sich durch, und Giebel an Giebel – Rauch aus einer Lokomotive – schießen Luftschlösser hoch, hüllen die Stiere ein, die unerschrocken den Ansturm erwarten – Wörter, Wörter, Wörter in langen Zügen.

Jede Seite – ein Regiment von Flöhen in Reih und Glied, die, wenn sie der Blick streift, nacheinander in die Augen springen.

Das Buch – ein Manhattan, in dem jedes Hochhaus Stockwerk für Stockwerk abgetragen und hinter den Augen neu aufgebaut wird.

Von Zeit zu Zeit kommen Wörter wie Tauben aus dem Mund geflogen, die aber gleich wieder in den Ohren verschwinden.

Ich bin eine Geisterbahn für Melodien, die durchs Ohr in mich ein-, und durch den Mund – nicht ohne leicht zu erschauern – ausströmen.

Das Buch – eine Schallplatte, die heute meist durch die Augen zu Gehör gebracht wird.

❂ ❂ ❂ ❂ ❂ ❂ ❂

Ich möchte versuchen, vom Bild behutsam Rahmen, Leinwand, Mauer und Welt zu lösen, bis es als einzige Wirklichkeit dasteht.

Das Bild kann den Rahmen nicht überschreiten. Es sitzt an seiner Schwelle und bietet seine Reize feil. Aber auch von außen kann niemand die Schwelle überschreiten.

Ich will wissen, was mir am Bild so gefällt. Da verschwindet, was mir am Bild so gefällt, wie ein Gespenst beim dritten Hahnenschrei.

Er konnte sich in seinen Bildern nie ganz mitteilen – immer blieb noch etwas übrig und legte als schillernde Schlangenhäute neue Bilder ab.

Wer gestikuliert da vor mir auf dem Bildschirm? Der Held? Der Darsteller? Ein Trugbild, aus welchem, wenn es ein Narr mit Steinen bewirft, um seiner Sache sicher zu sein, Glas und nicht Blut fließt? Ein Trugbild, das sich zudem dann im Nu aus den Scherben macht?

Dem Tyrannen war Recht geschehen – er wurde gesteinigt… Da floß aber ein Sturzbach von Glas und nicht von Blut den Bildschirm herab.

Orpheus sah sich um – da streckte Eurydike, die in einigem Abstand hinter ihm herging, so sehnsüchtig die Arme nach ihm aus, daß sie Feuer fingen und ihn zu umschlingen suchten, sich aber plötzlich eines anderen besannen, in Rauch aufgingen, als Schleppe dem Ruf des Hades folgten und Orpheus noch eine Weile, sich auflösend, wie Bindfäden hinter sich herlockten.

✿ ✿ ✿ ✿ ✿ ✿ ✿

Meine Feder ist ein Komet und hinterläßt einen Schweif, der wenigstens auf dem Papier noch eine Zeitlang fortlebt.

Alle meine Luftschlösser sind mit Papier untermauert.

Kann dir die Hand nicht reichen – ich bin ein Vogel, ich kann nur fliegen.

Ich singe, wie der Vogel singt – im Käfig.

Unsere Worte erreichen ihre Bestimmung mit der Treffsicherheit von Flaschenpost.

Ich habe einen Apparat, der Welt in Worte ummünzt, die aber nirgends als Währung anerkannt werden.

Er rettete seine Seele in ein Buch. Auf dem Scheiterhaufen fanden sie sich wieder.

Er war ein Schriftsteller abgeschnittener deutscher Zunge.

✪ ✪ ✪ ✪ ✪ ✪ ✪

Er hatte einen Vogel, aber einen Singvogel, der, als der Baum fiel, auf anderen Bäumen weitersang.

Es mag uns vielleicht zum Trost gereichen, daß nicht nur die Ameise, sondern auch die Grille den Winter überlebt hat.

Er saß zwar in der Tinte, konnte aber mit seiner Feder so viel auf Papier auslegen, daß der Tintenfaßspiegel erheblich sank.

Ans gesunkene Schiff erinnerten nur die Teppiche, die es im Hafen abgeladen hatte.

Vom gesunkenen Schiff blieben nur die Ratten, die sich in angelaufenen Häfen auf andere Schiffe gerettet hatten.

Stütze dich auf die Erde, Baum, breite blättrige Flügel, und laß den Vogel fliegen.

✪ ✪ ✪ ✪ ✪ ✪ ✪

Er würde sich zwischen den vier Wänden wie zu Hause fühlen, wenn eine nicht aus Stoff wäre, von Zeit zu Zeit hochginge, und ihn dahinter nicht aus dem Dunkeln, Schädel an Schädel, die Voyeure mit ihren glitzernden Augen begafften.

Nicht jeder ist sich selbst der Nächste. – In einem Schlangennest hat eine Schlange statt in den eigenen Schwanz in einen fremden Schwanz gebissen. Die fremde Schlange, die das als ein Zeichen purer Bosheit ansieht, beißt einer dritten Schlange in den Schwanz. Die dritte Schlange, die auch nicht auf den Kopf gefallen ist, beißt wiederum der ersten Schlange in den Schwanz. Die erste Schlange meint nun, sie hätte sich selbst in den Schwanz gebissen, und das Zischen um sie her beweist ihr nur, daß auch die Welt an ihrem Kummer teilhat.

Er schrieb zwar nur für die Schublade, hoffte aber, sie eines Tages der Welt als Zunge herauszustrecken.

✪✪✪✪✪✪✪

Jedes Gemälde, an dem ich vorüberkomme, wirft mir als Flugblätter Abbildungen in die Augen und fordert mich auf, von ihm Besitz zu ergreifen.

Ich habe ein Gemälde gestohlen und es in meinen Augen aus dem Museum geschmuggelt. Sein Wert ist in meinen Augen erheblich gestiegen.

✪✪✪✪✪✪✪

An ihren bunten Liedern klettert
Die Lerche selig in die Luft...
Lenau

An ihren bunten Liedern – nicht an einer Tonleiter.

Schon ist der Vers wie ein Herbstblatt beinahe versunken, da fällt das Reimwort wie ein Falke über ihn her und zieht ihn wieder hoch.

Es ist schlimm, wenn man bei der Hochzeit einer Metapher feststellen kann, wie man sie an den Haaren herbeigezogen hat.

Der gute Satiriker schreibt einen Besen-Stil, der aber nicht immer vor der eigenen Tür kehrt.

Ich brauche im Grunde nicht selbst zu denken, nur auf meine Gedanken zu lauern und sie wie ein Jäger abzuschießen.

Meine Gedanken brennen mir wie Pferde durch, wenn ich sie nicht mit der Feder zügle.

Jemand schimpfte ihn einen Esel. Es warf ihn im Moment um. Er wußte zwar, daß er kein Esel war, aber immerhin, es dauerte eine Sekunde, bis er wieder auf zwei Beinen stand und sich die Ohren abnehmen konnte.

Er baute das Haus nach dem Entwurf, dann nahm er von ihm den Entwurf wie ein Gerüst ab.

Bin ich taub? Ich merke gar nicht, wenn man mir etwas erzählt, daß die vielen Bilder, die mir vor Augen schweben, Luftschlösser sind und mir das Gerüst der Wörter verbergen. Nur ab und zu schaut als Teil eines Balkens ein Buchstabe hervor.

Ich stehe nach Jahren wieder vor dem Schloß. Es ist in meiner Erinnerung etwas verblaßt. Heute aber wurde es, zu Ehren seines so hohen Besuchs, von der Wirklichkeit frisch übertüncht.

Vor dem Schloßpark. Ich betrachte das Tor. Schmiedeeisen und Zwischenräume – ineinandergeschlungene Zwillingsliebespaare. Dahinter löst sich der Bau in Licht auf. Ich betrachte das Schloß. Auf einmal schießen aus allen Etagen wie bislang getarnte Kanonenmündungen Fenster hervor, und auch Säulen, Pilaster, Statuen, usw. meißeln nun dreist ihre Form in die Luft ein. Das Tor hingegen ist zu Eis geschmolzen. Nur dicht am Auge ziehen Eisblumen vorbei und prägen dem Bau ihren Stempel auf.

Ablösung. – Es war im Grunde für ihn selbst eine Überraschung, als er sich nach der Erschaffung der Welt über dem Paradies schweben sah und Allah war. Erst nach und nach ging ihm ein Licht auf – unter dem Himmelsgewölbe, durch die offenen Fenster –, und er gewahrte, daß er noch immer auf den Knien lag, unter der riesigen Kuppel der Moschee, auf einem Perserteppich, in dessen kunstvoll verzierte Fauna und Flora er sich so tief versenkt hatte, daß er darüber eingeschlafen war. Nun aber hatten sich alle im Traum auferstandenen Tiere und Pflanzen wieder zur Ruhe begeben und schlummerten friedlich in ihrem Gewebe.

Ein gutes Buch sollte an sich nicht gelesen, sondern gebetet werden.

## Zeitverblutung

Hätte die Sanduhr der Zeit einen Kropf, vielleicht würde die Zukunft wie eine Lawine in die Vergangenheit donnern.

✡ ✡ ✡ ✡ ✡ ✡ ✡

Die Zeit fängt mit dem ersten Herzschlag zu ticken an und hört mit dem letzten Herzschlag zu ticken auf.

✡ ✡ ✡ ✡ ✡ ✡ ✡

Was sein wird und was war hat nur Bestand, wenn es auf dem, was ist, wie Schwalben auf einem Draht sitzt.

✡ ✡ ✡ ✡ ✡ ✡ ✡

Ununterbrochen laicht die Zeit ihren Rogen – der muß aber zugrundegehen, wenn der Fisch nicht Tag und Nacht, seiner Vaterpflicht uneingedenk, seinen Samen und seinen Segen über ihn ergießt.

Ich weiß nicht, und niemand weiß es hier, wie man die Kamera abstellen kann, und muß in aller Eile nach Schauspielern laufen und nach Beleuchtung, und immer wieder stolpere ich dabei über Berge verschlungener Filmgedärme.

Am Zug der Zeit, am Fenster meines Abteils, pflanzt sich als Telegrafenmast eine Sekunde auf und salutiert mit drahtbehangenen Fingern. Sie hat aber nur einen kurzen Dienst, und ehe sie „zu Befehl" rufen kann, ist sie von einer anderen abgelöst – auch die salutiert mit drahtbehangenen Fingern.

Die Sekunden ziehen am Zug der Zeit so schnell vorbei, daß ich gar nicht sehen kann, welche Depeschen in ihnen durchgegeben werden.

Ich laufe den Sekunden nach, die mir den Hut vom Kopf gerissen haben und ihn weitergeben.

Ich bleibe stehen, um die Mutter zu zwingen, auch stehenzubleiben. Die Zeit will mich gar nicht als ihr Kind ansehen.

Ich würde die Zeit noch viel länger vertreiben, wenn sie nicht bald im Schoße des Todes Zuflucht fände.

Ich bin eine unfähige Grenzwache und bringe es bei meinem hohen Dienstalter nicht zuwege, die vielen Schmuggler zu stellen, die vielen Sekunden, die sich vor meiner Nase im Gänsemarsch, einander die Hand auf die Schulter legend, von der Zukunft in die Vergangenheit stehlen, als wären sie die Kinder der Zeit, die schon vorüber ist.

Das Auto ist ein Wild, das kreuz und quer durch die Gegend rast und die Hundemeute, die ihm auf den Fersen ist, den Höllenspektakel aus dem Auspuff, nicht abschütteln kann.

Jedesmal, wenn der Fahrer anhält, um nachzusehen, warum der Auspuff so einen Lärm macht, hat der sich wie eine Lausbubenbande hinter den Büschen verflogen.

Der verschlafene Wegelagerer läßt die Zukunft fast immer ungeschoren an sich vorüberziehen und hat dann jede erdenkliche Mühe, durch Raubzüge in die Vergangenheit wieder zu seinen Gütern zu kommen.

Es geht kein General so über Leichen wie die Zeit.

✡ ✡ ✡ ✡ ✡ ✡ ✡

Ab und zu die Seele lüften, um vielleicht darin wie im Bett eines Geizigen Schätze zu finden.

Ich bin etwas vorlaut und kann es nicht lassen, immer wieder als mein eigener Fremdenführer vorzutreten und mich in weitschweifige Erklärungen zu ergehen, obwohl es sich jedesmal erweist, daß ich die Dinge, wenn ich mich nur ein wenig gedulde, weitaus besser sehe als ich.

Ich werde mich wie eine Maus in meinem Loch nicht rühren, solange ich davor wie eine Katze Wache stehe.

Der Geizige schläft auf seinem Geldsack. Nachts nimmt er ein paar Münzen und baut sich damit ein Schloß. Am Morgen findet er sie wieder in seinem Sack.

Ich wurde wie Moses auf den Strom der Zeit ausgesetzt, habe die Mündung zwar noch nicht erreicht, aber jetzt, da ich kein kleines Kind mehr bin, frage ich mich manchmal ganz besorgt, ob ich die Tochter des Pharao nicht verfehlt habe.

Erst hat man die Ewigkeit vor sich und dann, auf einmal, die Zeit hinter sich.

Der alte Mann beschloß eines Tages, von nun an ein neues Leben zu führen, zu dessen Auftakt er umgehend starb.

Sie starb mit dem Besen in der Hand und erwachte mit dem Besen in der Hand, wie in einem Nebenraum, im Paradies.

✡ ✡ ✡ ✡ ✡ ✡ ✡

Ein guter Cowboy müßte die Zeit vorüberrasen sehen und ihr wie einem Mustang aufspringen können.

Die langen Perlenschnüre des Nils verloren sich im Meer, ehe sie an Land gezogen wurden und dem aus dem Nichts entstandenen Ägypten zur Blüte verhalfen.

Vielleicht wird sich eines Tages die Zeit wie ein Wort aus dem anderen ergeben.

Er wollte als König am Fließband der Zeit stehen, um blitzschnell – wie Kasperl den Teufel verprügelt – jeden vorübereilenden Moment mit einem Ritterschlag zu adeln.

Es soll Vampire geben, die es verstehen, die Zeit zu töten und zugleich zum Leben zu erwecken.

Wie die beleuchteten Fenster eines endlosen Zuges weit draußen im Lande, so ziehen an mir die Sekunden vorüber, und manchmal ist es, als drängten sie sich wie hungrige Küken voran und sperrten hilflos den Schnabel auf, ein Abgrund, in welchem nur selten ein Körnchen verschwindet. Ist aber Magen an Magen wie Wagen an Wagen gebunden? Die Körnchen werden weitergegeben, und irgendjemandem scheinen sie doch wohl zu bekommen, denn ab und zu fliegt aus dem rollenden Zug, als wären die offenen Schnäbel auch Nester, ein Singvogel auf.

Perlen, die sich an Perlen reihen, Küken, die einer Henne nacheilen – die hell erleuchteten Fenster eines Zugs. Von dem ist nicht eine Spur zu sehen – er ist von ihnen abgefallen, sie leuchten in eine andere Welt, die aber auch unsichtbar ist, als wären die Fenster an einem Strick aufgezogene, zum Trocknen aufgehängte Gardinen.

Das winzige Pünktchen der Gegenwart wird eines Tages ein Köder sein, hinter dem alle Fische her sind, die Fische der Vergangenheit, zu denen sich nach und nach auch die Fische der Zukunft gesellen, und all die vielen Schuppen werden im Stillen Ozean, der sich kaum vom Himmel abhebt, im Licht der im Leeren haftenden Sonne bis in die äußersten Tiefen schillern.

✡ ✡ ✡ ✡ ✡ ✡ ✡

Ich möchte nach dem nächsten Vorhang bescheiden zurücktreten und auf die vielen kleinen Zwerge hinweisen, die mir zum Erfolg meiner Nummer ihr Scherflein beigetragen haben, die vielen Zellen, ohne die ich nichts bin und ihren mir gegenüber auch weiterhin das Inkognito wahrenden Impresario.

✡ ✡ ✡ ✡ ✡ ✡ ✡

Die unteren Zweige, einst Lieblingskinder des in die Höhe schießenden Baums, werden nun in dessen breiten Schatten morsch.

Das Ziel der Zeit sein, auch wenn die Zeit weit über das Ziel hinausschießt, wie ein Baum, in dessen breiten Schatten die unteren Zweige verdorren.

Es war Kain nicht möglich, das Erbe Abels, das er von seinen Eltern mitbekommen, in seinen Kindern auszurotten.

David hat zwar Goliath besiegt, dafür aber von Michelangelo viele Schläge bekommen.

✡ ✡ ✡ ✡ ✡ ✡ ✡

Das Flugzeug scheint in der Luft zu stehen. Aber es bewegt sich, es bewegt sich... Ich bin bald am Ende meiner Reise.

Nächtlicher Flug. Ein feiner Regen. Ich sehe unten im Dunkeln Laternen, die einen schwarzen Edelstein, die Erde, durchleuchten.

Ein Zwitschern hat sich im Ohr verfangen. Der Vogel pickt es wie einen Wurm auf und zieht mit ihm von dannen.

Wolke und Schatten laufen – Frauchen und Hundchen – querfeldein. Wer aber auf einmal das Bein hebt, ist nicht Hundchen.

Ein spiegelglatter See und eine so sengende Hitze, daß die Fische im Schattenschleppnetz einer Wolke, das tief bis an den Grund reicht, Kühle suchen.

Schade, daß in der Wüste, wo es so heiß ist, die Erde nur nachts als Sonnenschirm aufgespannt wird.

Es ist Nacht in der Wüste. Das Wasser ist uns ausgegangen – seit einigen Tagen kein Tropfen mehr. Ein unruhiger Schlaf. Etwas Mildes berührt meine Lider – das Eis der Sterne ist geschmolzen und tropft nun in meine Augen herab.

Ich lebe auf einer Sandbank, die im Strom der Zeit bald an-, bald abschwillt. Jetzt aber ist es, als ob meine Füße wie Preßluftbohrer Löcher in meinen Standort stampften.

Ein Unwetter naht, und wie ein Hund, der bellt, bevor er angreift, kündigt es sein Kommen durch einen Windstoß an. Der Windstoß ist in mein Heft gefahren, hat seine Blätter aus ihrem Brüten aufgescheucht und sie um ihren Scheitel hochfliegen lassen.

Es regnet. Ein Vogel kommt am Fenster vorbei. Es ist, als könnte er gar nicht fliegen, als würde er an den Schnüren des Regens wie eine Marionette vorübergetragen.

Es ist, als hätte mich jemand im Spiegel wie einen Ochsen entzweigehauen und die eine – die hintere – Hälfte davongetragen. Zum Glück ist keine Spur der Axt zu sehen – die mir zugewandte Seite mustert mich, als wäre sie wie ein Regenwurm, der ein ähnliches Schicksal erlitten hat, noch immer lebendig.

Es ist dem Baum bei aller Geduld noch nicht gelungen, einen der wie grüne Fische aus der Erde hüpfenden Grashalme mit seinem Schatten zu angeln.

Meine Brille ist ein Teil von mir. Sitzt sie dem Tisch wie einer Nase auf, so fühle ich hinter ihr auch meinen Kopf und sehe darin die Gedanken schwimmen. Ich kann dem Blick der Gläser auch entnehmen, wie sie zu ihnen stehen.

Im Abendrot wurde sein Schatten ein so langer Speer, daß die Sonne Angst um ihr Zyklopenauge bekam und sich hinter der Erde verkroch, die mit ihrem Schatten über ihn herfiel und ihn entwaffnete.

Er stellte die Kerze auf den Boden. Da kroch sein Schatten, auf frischer Tat ertappt, als Schlafwandler die Mauer hoch.

Ich setze die Flamme wie einen Vogel auf den Docht, und um sie schlägt das Licht ein Pfauenrad.

Scheu hielt die Kerze das Köpfchen geneigt, das Streichholz aber hob ihr das Kinn hoch und gab ihr einen so feurigen Kuß, daß auch das Zimmer zu leuchten begann.

Ein Zündholz schnäbelt mit einem Docht, und plötzlich ist auch ein Zimmer da – mit allen seinen Wänden und Möbeln hat es ihr Tun und Treiben schon lange verfolgt.

Wenn das Licht wie ein Stier in einem fort auf das Meer losrennt, ist es selbst schuld daran, daß es hinterher mit blauen Beulen zu mir kommen muß.

Wenn der Kies nicht weiterkann, rettet er sich vor dem Jungen, der ihn über den Teich schnellen läßt, indem er den Fallschirm öffnet und auf den Grund versinkt.

„Der Witz hat einen langen Bart", sagen die Bäume, wenn sie der Herbstwind, der lose Bengel, an den Haaren zerrt und sich mit einem Blätterbart aus dem Staub macht.

Ich will einmal sehen, wer zuerst aufhört, ich auf den Gong zu schlagen, oder die Nacht, den Schall zu verschlucken.

Die Quelle versiegt – die Pumpe versagt.

Er wollte sich nicht begraben lassen, denn er dachte sich, bei den vielen Strahlen würden einige doch den Weg in die Dunkelkammer des Todes finden.

Er streckte alle Glieder und war tot. Nicht ganz tot. Ein letzter Schimmer durchfuhr ihn. „An sich müßte ich jetzt aufwachen und versuchen aufzustehen", dachte er sich, „es ist aber noch Nacht, tiefe Nacht, und ich bin viel zu müde". Und so schlief er ruhig weiter, bis auch die Nacht entschwand.

Es dauerte immerhin eine Sekunde, bis der Geköpfte das Bewußtsein verlor, und in dieser Sekunde sah er, wie sich sein Körper von ihm entfernte. Er wollte noch die Hand danach ausstrecken, die Hand war aber auf seiten des Körpers.

Nach dem Begräbnis nehmen die Atome des Verstorbenen Abschied voneinander. Später ist es äußerst schwer, sie noch einmal zusammenzubekommen.

Die Augen des Toten waren auf, und, wie jeden Morgen, brachte ihnen das Licht seine Milch. Es kam ihm aber niemand entgegen, sie wie üblich in Empfang zu nehmen.

Ich weiß – meine Familie war es, die mich einsperren ließ, und es war ihr gar nicht recht, daß ich nachts ausbrach und mich zu Hause aufhielt, bis der dritte Hahnenschrei mich zurückrief.

Winterfahrt – Nebel umkreisen den Schlitten, packen auf einmal wie Wölfe zu.

Es sind noch Wölfe in diesem Wald – hinter jedem Baum springt einer hervor, wird aber, ehe er zupacken kann, vom Meer der Finsternis zurückgerufen. Vielleicht wird aber bald einer erscheinen, der sich von ihm nicht bändigen läßt.

Zypressen zeigen mit erhobenem Finger dem Himmel an, daß hier Tote verscharrt sind.

Die Erde wird vermutlich auch in Zukunft ein von Tag und Nacht mit Streifen versehenes Zebra sein.

Im März steigt ein grüner Nebel aus der Erde und haftet auch an den Bäumen. Ein unterirdisches Chemiewerk der Hölle? Binnen kurzem aber verdichtet er sich zu Gräsern und zu Laub.

Im März sieht die Erde viel jünger aus als sie ist.

Wenn ich tot bin, möchte ich auch so wie die Bäume im Winter als Skelett dastehen und im Frühling, wie eine Schneiderpuppe geputzt, zu neuem Leben erwachen.

Ich möchte auch, so wie die Gegenwart, stets eine Zukunft vor mir haben.

Der Mensch ist Staub und wird wieder zu Staub... Seit so langer Zeit... Vermutlich ist der ganze Staub schon einmal Mensch gewesen.

Ein Wirbelwind stöbert eine Staubwolke auf, die mir – ein Landstreicher – den Weg verstellt und sich so ingrimmig an mich krallt, als könnte sie auf meine Hilfe bei ihrer Menschwerdung nicht verzichten.

Glatteis schlug die Erde in Bande, bis ihr die Sonne unter die Arme griff und ihm ihr Brecheisen anlegte.

# Inhaltsverzeichnis